Bungalow

DU MÊME AUTEUR

Gringoland, *Au diable vauvert, 2005 ; Le Livre de Poche, 2015*

Comment devenir un dieu vivant, *Au diable vauvert, 2008 ; Le Livre de Poche, 2015*

Touriste, *Au diable vauvert, 2011 ; Le Livre de Poche, 2013*

Paradis (avant liquidation), *Au diable vauvert, 2013 ; Le Livre de Poche, 2014*

Géorama, le tour du monde en 80 questions *(avec Vincent Brocvielle, illustrations d'Olivier Marty), Robert Laffont, 2014 ; Le Livre de Poche, 2015*

In utero, *Au diable vauvert, 2015 ; Le Livre de Poche, 2017*

Briser la glace, *Paulsen, 2016 ; Le Livre de Poche, 2018*

Dans le désert, *Au diable vauvert, 2017 ; Le Livre de Poche, 2019*

Comme à la guerre, *Stock, 2019 ; Le Livre de Poche, 2020*

Envoyé un peu spécial, *Stock, 2021 ; Le Livre de Poche, 2023*

Julien Blanc-Gras

Bungalow

Stock

Ouvrage publié sous la direction
de Benoît Heimermann

Illustration de bande : © Javier Jaén

ISBN 978-2-234-09287-7

« Pourriez-vous me dire, s'il vous plaît, quel chemin je dois prendre pour sortir d'ici ?

– Cela dépend beaucoup de l'endroit où tu veux aller, répondit le Chat.

– Peu importe l'endroit, dit Alice.

– Alors peu importe le chemin que tu prendras. »

Alice au pays des merveilles, Lewis Carroll

Épisode aéroportuaire, où l'on s'éloigne de Paris

Dans la salle d'embarquement, un enfant contemple le ballet des avions qui s'ébrouent sur le tarmac. Il porte un sac à dos rouge peuplé d'un doudou et de quelques superhéros qui côtoient une trousse et un cahier d'écolier. L'Enfant sait qu'il va partir, loin et longtemps. Le temps et la distance sont élastiques quand on a neuf ans ; il ne mesure pas précisément la portée de ce voyage. Il a bien sûr posé des questions, les questions cruciales à ses yeux.

– Il y aura des écrans dans l'appareil ?

– Oui, répond son père.

– Et je pourrai utiliser la tablette pendant les vacances ?

– Ce ne sont pas exactement des vacances, fils.

Dans la salle d'embarquement, une femme consulte ses mails sans prêter attention au ballet des avions. Elle porte de longs cheveux noirs, des baskets équitables et elle a déjà envie de fumer.

C'est la mère de l'Enfant. Si on s'approche, on constate que les traits de son beau visage sont tirés par une fatigue de fond. La Femme est cadre. Était cadre. Elle vient de quitter le groupe pour laquelle elle officiait depuis trop longtemps. Une histoire de management toxique et de filiale périclitant sous l'effet d'une pandémie. Le corps et l'âme de la Femme ont été malmenés par l'épreuve. Le burn-out rôde et il ne faut pas le prendre à la légère. Elle a *besoin d'un break*. Vraiment.

Dans la salle d'embarquement, un homme vérifie une énième fois la date de validité des passeports. C'est le père de l'Enfant et l'homme de la Femme. Il porte une barbe de trois jours, qui commence à blanchir, et la responsabilité de ce voyage. C'est lui qui a manigancé tout ça. Le grand départ en famille, l'aventure à trois, pourquoi pas un tour du monde. Sa jubilation est parfois contrariée par l'idée d'avoir fait une connerie en précipitant sa famille vers l'inconnu. Il repasse les grandes étapes de son existence en vitesse. Il hoche la tête. Tout va bien. Un voyage, ce n'est jamais une erreur. L'homme occupe une fonction étrange. Il est auteur. Sa vie, c'est de raconter sa vie. Et comme il n'a jamais vraiment réussi à écrire à la troisième personne, je repasse à la première.

L'avion décolle et Paris s'éloigne. C'était tendu Paris, dernièrement. Les années 2020 ne sont pas fofolles. Les turbulences sociales et sanitaires ont violenté les bobos. Autour de nous, l'atmosphère s'est chargée de nuages nommés dépression, divorce et cancer. Au programme : quêtes de sens, changements de vie, petites et grandes démissions. Certains fuient à la campagne, d'autres dans le militantisme ou dans la coke. Les crises de la quarantaine, qui se transforment plus vite qu'on ne le croit en crises de la cinquantaine, font la fortune des psys et des débits de boissons. Nous évoluons sous ce climat pesant. Ma famille est épargnée par les tragédies, ce qui ne l'empêche pas d'être affectée par le temps qui passe et l'époque qui grince. C'est le moment de décamper.

Le voyage soigne. Il panse les vagues à l'âme en nous immergeant dans la joie du réel. Ça, je le sais. Je mise sur ce périple pour réparer la Femme, édifier l'Enfant et lutter contre l'encroûtement qui guette les hommes de mon âge.

Il m'a fallu convaincre mes compagnons de route de la pertinence du projet. Concernant l'Enfant, je n'ai rencontré qu'une résistance minime.

Fils, ça te dirait de ne pas aller à l'école pendant quelques mois ?

Avec la Femme, une autre paire de manches.

Viens, on part au bout du monde, on a tous besoin de prendre l'air.

Son visage s'est décomposé dans un rictus où la sidération le disputait à la tristesse.

Comme si elle n'avait pas assez de soucis comme ça. L'option ne figurait pas dans son logiciel. La Femme a été éduquée dans un schéma classique : dans la vie, on bosse pour assurer sa sécurité et on part en vacances une fois par an. Salariat, retraite, mort. A contrario, la seule idée de signer un CDI provoque chez moi une attaque de panique.

J'en ai pourtant conclu un, de contrat à durée indéterminée, avec elle. Quoi qu'il arrive, nous sommes liés pour l'éternité par notre enfant. Elle peut bien coucher avec le voisin, devenir présidente du fan-club de Goebbels ou chroniqueuse chez Hanouna, elle restera toujours la personne préférée de ma personne préférée. (Accessoirement, il existe entre nous cette forme d'amour tranquille qui se solidifie avec la maturité.)

Je me suis démené pour surmonter les réticences de la Femme et la convaincre que l'itinérance était la bonne solution pour elle, pour nous. *Si on le fait pas maintenant, on le fera jamais.*

C'est le moment de fuir la ville qui flingue les nerfs, les écrans qui dévorent le cerveau, le travail qui blesse. De montrer à l'Enfant qu'il existe autre chose, ailleurs. Qu'une vie différente est envisageable, loin du salariat et des brunchs du dimanche. C'est simple. On va partir et quand on reviendra, on sera plus heureux.

Autour de nous, certains ont accueilli l'annonce de notre départ avec circonspection. *Mais vous allez faire quoi là-bas ?* D'autres ont tout de suite compris l'idée. *Vous allez vivre, en somme.* Voilà.

Cela demande toutefois un peu d'organisation. La vie est plus lourde à manœuvrer aujourd'hui qu'à vingt ans, quand on pouvait s'envoler sur un coup de tête. Il a fallu sous-louer l'appartement, négocier avec l'Éducation nationale pour déscolariser l'Enfant, s'organiser financièrement. La Femme n'avait pas la tête à la logistique. Accaparée par son ancienne vie, elle consacrait toute son énergie à mener une longue bataille juridique, cheffe de sa petite troupe négociant contre une multinationale. Elle m'a confié les clés du périple, que j'ai planifié avec cette philosophie : ne planifions pas. Lao-Tseu l'a dit : « Un bon voyageur n'a ni plan établi ni destination. » On sait quand on part et à peu près quand on rentre. Entre les deux, on se laisse la liberté d'improviser. On sait où on dort les premiers jours ; après on verra. On ira au Japon si on a envie d'aller au Japon. La liberté, c'est un état d'esprit – et un peu de logistique – et un peu d'argent – et deux ou trois autres trucs. La liberté, ce n'est jamais aussi simple qu'un état d'esprit.

Nous courons à travers les couloirs de l'aéroport de Vienne ennuité, où nous faisons escale.

Notre vol a atterri avec beaucoup de retard, nous devons changer de terminal, ça va être serré pour attraper l'avion. « Dépêchez-vous », urge l'hôtesse. J'ai envie de lui répondre que non, justement, nous entreprenons ce voyage pour ralentir, ne plus être esclaves du rythme urbain et jouir de l'écoulement du temps au lieu de le subir, mais il n'est pas impossible que l'hôtesse n'ait rien à foutre de mes considérations existentielles.

Scan des bagages. Fouille aléatoire. L'agent de sécurité prend tout son temps pour me tâter alors qu'il sait pertinemment que je suis pressé. Il me fouille comme jamais je n'ai été fouillé, avec un zèle que j'attribue à la rigueur germanique. Quand il entame une deuxième fouille, j'attribue son zèle à une forme de perversion aéroportuaire, d'autant qu'il me palpe les fesses avec insistance et qu'il passe, pardon, beaucoup trop près de mes testicules. Je suis à deux doigts de poster un #MeToo mais je m'abstiens car j'ai un avion à ne pas rater.

Reprise de la course effrénée. Nous sommes ralentis par notre attirail de valises cabine et de sacs à dos (je reviendrai plus longuement sur la thématique des bagages). Cet aéroport n'en finit plus. L'Enfant stresse, « c'est nul ce voyage ». La Femme râle contre la compagnie aérienne, l'Autriche et le destin.

Arrivés en sueur à la porte G3, nous constatons que l'embarquement n'a pas débuté. Ce vol décolle lui aussi avec du retard, ce qui me conforte dans l'idée que rien ne sert de courir.

L'Enfant est soulagé : il y a des écrans dans l'avion. Il est 23 heures et oui, tu peux commencer à regarder un film. À partir de maintenant, les règles élémentaires du quotidien ne s'appliquent plus. L'Enfant sourit, « c'est cool ce voyage ». Il s'endort au milieu de *Là-haut*, la tête sur mes genoux. Il se réveillera sur un autre continent.

– Bangkok, je voyais pas ça comme ça. J'imaginais plus de palmiers.

C'est bien, fils. Voyager, ça sert à être surpris.

Il est vrai que nous sommes loin de la carte postale de la Thaïlande royale et de ses temples ciselés aux bouddhas dorés. Notre panorama : grues et gratte-ciel, trains aériens, écrans géants, embouteillages nocturnes et mégamalls. Dans les interstices du commerce se nichent de petits autels garnis de jasmin qui permettent de s'isoler dans la prière, de s'extraire mentalement de la frénésie d'une ville de quinze millions d'habitants sensiblement plus propre que Paris. À peine débarqué, l'Enfant souhaite acquérir une statuette de Bouddha, qu'il trouve *stylée*. Nous refusons. Il est préférable de se fabriquer des souvenirs avant d'en rapporter, fils. Mais, oui, on en achètera une avant notre retour, promis.

Notre hôtel, pioché à la va-vite, jouxte une rue où les étals proposent artisanat en toc, sacs contrefaits et godes-ceintures à hauteur de regard d'enfant. C'est une zone festive, c'est-à-dire bien dotée en bars à putes. Le soir, des hommes attablés devant leur pinte de bière, des hommes européens, vieux, seuls et tristes, attendent la poulette qui viendra les vider et les plumer – destinée des coqs. On note également un franc succès des supermarchés dédiés au cannabis, substance récemment dépénalisée pour que les touristes puissent fumer des bédos en toute tranquillité légale au bord de la piscine.

Le vertige du décalage horaire et la transplantation d'un continent à un autre suffisent à me faire planer. Nous flottons dans Sukhumvit pour dénicher un pad thaï qui réconfortera nos organismes ralentis par les températures et l'humidité. La circulation automobile est aberrante, la moiteur accablante, l'Enfant épuisé.

– Papa, j'ai du mal à respirer ici.

– T'inquiète, on va pas rester.

Nous sautons dans un bus vers le sud, après une nuit passée les yeux grands ouverts. Parmi les passagers, un couple de trentenaires allemands munis d'un bébé, un moine au crâne rasé en robe safran et une jeune femme en tailleur qui est aussi un jeune homme – ou l'inverse, je ne saurais dire. L'Enfant regarde la ville interminable défiler à la fenêtre. Les tours du nouveau Bangkok mangent l'ancien, le neuf condamne le vieux. À mesure qu'on s'éloigne du cœur de la ville jaillissent d'immenses entrepôts, qui attestent de la vigueur économique de la mégapole, et de non moins immenses lotissements aux maisons interchangeables, qui témoignent de l'accroissement de la classe moyenne.

J'ai un œil sur la route, l'autre sur un livre relatant un périple familial en Asie. Son auteur y déplore la fin de l'*authenticité*, petite musique répandue dans les récits de voyage. On la traque de toutes ses forces, l'authenticité. On se met dans des situations pas possibles pour la dégoter, on va au fin fond de la jungle et quand on touche au but, il s'avère que les sauvages ne sont pas sauvages comme on aimerait. Ils ont l'outrecuidance de vouloir posséder des chaussures, voire des téléphones, ruinant ainsi notre quête de pureté par procuration. Le tiers-monde, c'est plus ce que c'était.

Je vois surgir un totem Ikea surplombant un mégaplexe où des publicités H&M et Uniqlo assènent leurs injonctions à la tonalité bienveillante et autoritaire. Bien sûr, c'est aussi cela que je suis venu fuir, la vacuité de ce consumérisme globalisé. Mais qui suis-je pour reprocher au bon peuple thaïlandais de vouloir s'offrir une étagère suédoise, alors que j'en possède trois ?

La Femme est perdue dans ses pensées ; je la soupçonne de ne pas encore avoir atterri. Les yeux dans le vague, elle rumine le mauvais scénario de l'année écoulée. Son entreprise qui tangue sous la tempête sanitaire, la pression de l'actionnaire, un quart des effectifs en arrêt maladie, elle qui tient bon, enchaînant parfois trois semaines de boulot sans la moindre journée de repos. Viennent ensuite les cost-killers missionnés pour dégraisser, la lutte pour sauver les meubles et finalement le crash de cette boîte qu'elle a contribué à bâtir en s'y consacrant plus que de raison.

Ma main sur son épaule.

– Ça va ?

– Ça va.

Ça ne va pas. Je te connais, ça fait quinze ans qu'on partage la même salle de bains. Je sais lire tes silences. Sous la façade, j'aperçois le gouffre.

Il faut savoir que la Femme porte, au quotidien, un masque de bonne humeur. Elle est l'incarnation de la joie de vivre. Elle parle fort, rit fort, vit fort. Tout le monde l'adore. Quand elle arrive quelque part, la pièce s'allume. Elle est solaire, c'est sa façon d'être polie. Mondaine par goût et par nécessité professionnelle, la Femme fume comme un pompier et boit comme deux Polonais. Elle est sapée comme jamais, danse comme une reine, à l'aise sur ses talons comme d'autres en claquettes, chez elle dans les soirées où les célébrités du moment lui donnent du *ma chérie*. Elle a le 06 du Tout-Paris artistique dans le téléphone accroché à son cou, trésor de guerre de communicante accumulé en vingt ans à graviter dans les industries du spectacle.

Businesswoman chez les saltimbanques, elle siège aux comités de direction, négocie avec des grands fauves encravatés, affronte des pervers narcissiques d'open space (dont la densité augmente quand on monte dans l'organigramme) et des fous furieux toxiques persuadés qu'ils ne feront qu'une bouchée de cette petite poupée fluette (les inconscients).

Ce portrait de Parisienne courant les cocktails pourrait laisser supposer que nous avons affaire à une connasse. C'est loin d'être le cas. Bien sûr, elle a des tas de défauts. Bien sûr, je suis aveuglé par la proximité. Mais faites-moi confiance.

Fille d'ouvrier, débarquée sans réseau à la capitale depuis sa petite ville de province, la Femme doit son ascension à ses talents et non à ses intrigues. Elle ne s'embarrasse pas pour autant d'un discours grandiloquent sur sa position de transfuge de classe, n'utilise jamais son statut de *femme issue de la diversité*[1] pour obtenir un avantage politique. Malgré ses responsabilités, son salaire rondelet et ses escarpins trop chers, la Femme n'oublie jamais de claquer la bise à la standardiste et elle se souvient du prénom du vigile. Elle est toujours débordée mais c'est elle qui pense à souhaiter les anniversaires et s'occupe d'organiser les cagnottes. Elle est la confidente des soucis des

1. Pire expression dans l'histoire du politiquement correct.

autres, l'amie marrante qu'on appelle quand on n'a pas le moral. La Femme, c'est cette copine qu'on n'imagine pas aller mal.

Fin de journée, elle rentre à la maison – en retard –, ôte son masque social et enfile son pyjama. S'écroule dans le canapé, portable en main. N'entend pas son fils qui l'appelle. *Maman. Maman. Maman.* Mais maman n'est plus là. Son corps est présent, sur le sofa. Son cerveau s'est disloqué dans une to-do list infinie. Passée en mode zombie, elle purge la charge mentale de sa journée de guerrière, endurée avec un sourire constant. Et elle plonge, en grinçant des dents, vers un sommeil secoué de dialogues houleux : elle passe ses nuits en réunion. Avant, elle riait dans ses rêves – c'est pour cette raison que j'étais tombé amoureux d'elle.

Les mauvais soirs, elle s'affale tout habillée sur le lit en pleurant son champagne. Ses premiers mots au réveil : *je suis crevée*. Elle se lève, noie son épuisement dans les cafés-clopes et redémarre la machine pour un jour sans fin d'aliénation.

– Il faudrait peut-être lever le pied.

– Je peux pas.

– On peut toujours.

– Tu peux pas comprendre.

Elle est banale, cette histoire. Tout le monde la connaît. C'est celle du cadre qui donne trop, qui donne tout à son travail, au mépris de sa santé et de ses proches, victimes collatérales et impuissantes. Pas besoin d'être écrivain pour voir venir la chute : on se réveille un matin sans pouvoir sortir du lit.

Cela dit, rien n'est écrit à l'avance. Nous avons encore une marge de manœuvre, à ce stade du récit. On peut prendre le ticket de sortie et changer de direction avant la catastrophe. On fait bifurquer les personnages sur un autre chemin, on les envoie valser dans un nouveau décor et on regarde comment ils s'en sortent. C'est le plan.

Le décor, maintenant, ce sont des plantations d'hévéas et une nature « avec des arbres pas comme chez nous », dixit l'Enfant. Il a fallu deux heures pour que Bangkok s'estompe au fil des kilomètres. Ça prend du temps de s'arracher à la ville. Soyons patients. Au bout de la route, il y a la mer, avec des palmiers. Et soyons optimistes, comme nous y invite ce panneau publicitaire, oracle démesuré qui nous adresse son message en lettres capitales :

HAPPINESS IS HAPPENING NOW

ÉPISODE THAÏLANDAIS, OÙ L'ON TENTE DE VIVRE D'AMOUR ET D'EAU FRAÎCHE

WARNING : ELEPHANT CROSSING

L'Enfant écarquille les yeux en apercevant le panneau de signalisation. Oui fils, ici on peut croiser des pachydermes sur la route. Nous voilà dans un pick-up empestant le gasoil, où nous nous sommes entassés à douze sur le plateau arrière en descendant du ferry. L'Enfant est outré par l'absence de ceinture de sécurité. Puis il remarque, sur la cabine du chauffeur, un autocollant qui provoque son hilarité. Oui fils, il signifie bien « interdiction de péter dans le taxi ». Petites incongruités du voyage, l'Enfant commence à être happé.

Ce périple, je l'envisage comme une offrande à notre progéniture : un bon cadeau pour ouvrir tes horizons et découvrir que la vie te tend les bras avec une infinité de possibles, si tu prends la peine d'aller voir ailleurs. Je plante la graine de la curiosité ambulante, tu la feras pousser à ta façon.

Je l'entreprends pour moi aussi, cette petite aventure familiale. Mes livres, mes reportages et mes envies m'ont conduit aux quatre vents et sur les cinq continents. Mon passeport déborde. Je commence à la connaître, cette planète. WARNING : ne pas passer de *voyageur aguerri* à *voyageur blasé*. Bourlinguer avec l'Enfant rafraîchira mon regard. Du haut de sa candeur juvénile, il me montrera ce que je ne vois plus. Il m'offrira le monde en relief. Prête-moi tes yeux, fils, que je m'émerveille.

Ko Chang, troisième plus grande île de Thaïlande, compte moins de neuf mille habitants et accueille un million de visiteurs par an. Depuis le débarcadère, nous avons vu défiler des bourgades entièrement dédiées à l'accueil des touristes. Tout n'est qu'hôtels et restaurants, boutiques de maillots de bain et de location de scooters, salons de tatouage et de massage. À la pointe sud, tout au fond de l'île, un petit village présente l'avantage d'être dénué de supermarchés et de tour-operators. Une plage, quelques guesthouses et notre bungalow.

Bungalow : c'est ce mot qui justifie notre présence. Le fantasme d'une cabane plantée devant la mer, loin de la foule, sans confort superflu. Un lit et une douche, c'est suffisant. Nos possessions nous entravent ; je veux me dépouiller pour renouer avec une simplicité heureuse. Nager, lire, écrire. Regarder un enfant jouer avec les éléments. Notre petit parisien grandit dans un environnement matérialiste. J'aimerais qu'il découvre les vertus de l'épure. C'est une des ambitions de cette virée. Vivre bien, de peu. Vivre mieux. Vivre d'amour et d'eau fraîche.

La Femme ne partage pas tout à fait cette ligne de conduite. À Paris, le bouclage des valises a donné lieu à un duel conjugal homérique. Pour résumer, elle remplissait les sacs et je les vidais. Je suis capable de partir un mois en Afrique sans enregistrer de bagage en soute. Elle refuse d'embarquer sans son beurre de karité.

Je ne lutte pas trop sur les vêtements ; le champ de bataille est cosmétique. L'argument massue de la Femme : on ne lésine pas avec l'hygiène et la santé. Mon contre-argument : on peut survivre avec une brosse à dents et du Doliprane.

Les gens qui partent avec un hôpital dans leurs bagages oublient qu'on trouve des pharmacies dans toutes les villes du monde. Certes, elles ne sont pas forcément bien approvisionnées à Mogadiscio, mais il se trouve que nous sommes en Thaïlande. S'il y a un Ikea dans un pays, on peut y trouver de l'antiseptique.

J'ai bien évidemment perdu la bataille des valises. Nous partons avec six trousses de toilette, le beurre de karité et moult potions dont j'ignore la fonction exacte, notamment une *huile prodigieuse* contenue dans un lourd flacon de verre et qui me semble n'avoir qu'un rapport lointain avec l'hygiène et la santé. Poids total : plus de quarante kilos. Nos bagages sont trop remplis, ce monde aussi.

Sur la route, la propriété nous alourdit, et je veux m'offrir le luxe de la légèreté. « Un homme est riche de tout ce dont il peut se passer » : l'aphorisme de Thoreau prend toute sa valeur quand on constate que la compagnie aérienne facture un supplément de trois cents euros pour deux bagages en soute. Personne n'a besoin de plus de deux pantalons. La planète pâtit de nos pulsions d'accumulation. Si je suis un jour en position de faire table rase de cette civilisation, j'interdirai l'huile prodigieuse et fusillerai toute personne possédant plus de deux pantalons (allez, disons trois pantalons, je ne voudrais pas passer pour plus radical que je ne suis).

J'en étais là de mes réflexions, allongé sur la plage en méditant sur mes contradictions de touriste décroissant, quand j'ai remarqué ma peau de gringo déshydratée par le soleil tropical. Ça commence à tirer. Il faudrait que je mette de la crème. Tiens, je vais tenter ce fameux beurre de karité.

Je rentre au bungalow, fouine ~~dans la trousse~~ dans une des six trousses de toilette, enfonce les doigts dans le bocal et me tartine. C'est agréable, dis donc. Je sens mon épiderme se rafraîchir et se détendre. J'ai presque envie de tenter l'huile prodigieuse.

– Tu fais quoi ?

La Femme surgit et je réponds « rien, rien », pétri d'une forme grotesque de culpabilité, celle d'un enfant pris la main dans le pot de confiture.

Elle, moqueuse :

– Je croyais que c'était inutile, le beurre de karité.

– Maintenant qu'on l'a apporté, autant s'en servir.

Alors que je replonge les doigts dans la crème, la Femme s'en empare brusquement.

– Pas trop !

Je bats en retraite et retourne sur la plage. Il faut savoir choisir ses combats.

Autour de notre bungalow, l'Enfant découvre la vie pieds nus. Il passe ses journées dans l'eau. Il s'essaie au bodyboard dans les vagues. Engage des batailles d'eau avec les enfants du coin. Il en oublie de réclamer du temps d'écran.

Cette plage n'a rien de spectaculaire, elle est idéale. Pas de courant, faible profondeur : notre fils peut s'y ébattre librement, en sécurité. Je suis équipé de tout un discours théorique sur l'autonomisation de l'Enfant et la nécessaire prise de risque. Ne pas être toujours sur son dos. Il faut qu'il expérimente seul pour acquérir de la confiance.

Dans la pratique, je ne le lâche pas des yeux quand il est dans l'eau. Il sait nager mais, comme je suis un mammifère, une partie de moi crève de trouille à l'idée que. Quelques secondes suffisent pour basculer en enfer. Parmi les objectifs de ce voyage, il y a aussi : ramener mon fils en vie.

Penchons-nous sur la composante culturelle de notre rapport à la sécurité. Sur cette plage, les gamins thaïs se baignent sans surveillance, comme la petite Vinya, la fille de la guesthouse voisine qui saute sur le dos des touristes pour faire l'avion et se jette dans l'écume avec témérité et sans bouée, au crépuscule, alors qu'elle n'a pas deux ans. Je ne peux pas m'empêcher de la surveiller pendant que ses parents font confiance à l'univers parce qu'ils ont des pad thaï à préparer. Une pensée pour mon père, qui ne parvient pas à masquer son anxiété quand je pars en reportage dans un pays compliqué alors que j'ai quarante-six ans et quelques tours du monde au compteur. Je suppose que j'aurai toujours un fond d'inquiétude pour mon fils devenu adulte.

Deux heures après l'écriture de ces lignes, nous fonçons en scooter sur les routes bordées de tamariniers, à trois sur la selle, sans casque, en tongs et chemisette, au mépris des règles élémentaires de sûreté, avec l'Enfant qui chante *La kiffance* à tue-tête. *Faire le tour de la Thaïlande en 500 Yamaha.*

Ce serait de l'inconscience en France, c'est la norme ici. On s'adapte aux mœurs locales. « Ce n'est qu'après avoir lâché prise qu'on entre dans le juste esprit du voyage », lis-je sous la plume de Paolo Cognetti, un Italien baroudant au Népal et auquel je ne peux donner tort. La Femme commence à se détendre. Le gros nuage noir de la préoccupation professionnelle s'amenuise sous le soleil du golfe de Thaïlande, avec l'aide des massages à huit euros de l'heure. Notre voisin de bungalow, un retraité anglais, semble avoir déjà atteint un stade supérieur du lâcher-prise et passe ses journées vautré sur son transat à fumer des gros joints en slip, flottant quelque part entre l'état de Bouddha et celui de balek[1].

De mon côté, je me baigne en caleçon. Car dans ma volonté de voyager léger, j'ai négligé d'emporter un maillot de bain. Depuis notre bungalow (que j'aime ce mot issu du gujarati), j'emprunte un kayak (que j'aime ce palindrome issu de l'inuktitut) pour me rendre au village sur pilotis voisin

1. Balek : (*vulg.*) Abréviation de la locution verbale « (je m'en) bats les couilles », qui signifie « je m'en fiche ».

en compagnie de l'Enfant qui m'a promis que, oui, il pagaierait. Je dois reconnaître qu'il tient parole, pendant environ quinze secondes.

Je lui pardonne sa flemme car je lui sais gré de son enthousiasme pour notre embardée. Il s'acclimate. Ce n'était pas gagné d'avance. Pas si évident, pour un gamin, d'être arraché à son quotidien, son école, ses amis, pour s'embarquer vers des mois d'inconnu. Mais il se trouve que ce petit humain a le caractère aventureux, curieux de tout, vif, drôle et joyeux, tout comme il peut se montrer râleur, tire-au-flanc et d'une mauvaise foi ahurissante. Un bon petit diable capable de désamorcer n'importe quelle réprimande en jouant de son sourire angélique, et de lancer sans vergogne, mains croisées derrière la tête, *papa, tu pourrais ramer plus vite s'il te plaît ?*

Nous longeons les mangroves pour accoster à Bang Bao où j'acquiers un maillot digne de ce nom, un sac étanche qui nous sera bien utile pour la suite de nos pérégrinations, ainsi qu'un pendentif yin-yang pour l'Enfant parce que je n'ai pas su le lui refuser et qu'il lui donne un petit air de surfeur hawaïen, avec ses longs cheveux raides, ses yeux en amande et sa peau qui commence à dorer. Emporté par mon élan consumériste, je complète mon panier avec un ballon de foot, en anticipant les vannes de la Femme à notre retour. *Alors Gandhi, on a fait un peu de shopping ?*

Je déteste le football. Cet étalage de bling-bling pathétique, cette corruption institutionnelle, ces chants homophobes et ces cris de singe en tribune, ces rivalités débiles flattant les plus bas instincts grégaires, cet opium du peuple qui fait rêver les gosses pour finalement les frustrer, tout cela me désole.

Le problème, c'est que j'adore le football. Je ne peux pas m'empêcher de regarder les matchs importants, de consulter les résultats sur L'Équipe, de hurler quand Mbappé colle un triplé en finale (je venais à peine de digérer la coupe du monde perdue de 2006, et voilà que j'en reprends pour des années de « et si Kolo Muani avait fait la passe à Kylian ? »).

Balle au pied sur cette plage, l'Enfant entre en relation avec des gamins thaïs, japonais, allemands en leur faisant des passes. Ils n'ont d'autres mots en commun que « Messi » ou « Ronaldo », des sons qui sont des clés vers l'autre. Ils procèdent par imitation, font abstraction du langage pour se propulser au pays du jeu collectif et de la joie simple. Le ballon, rond comme la planète, fait office de dialecte universel.

À Ko Chang, la troupe touristique est européenne, chinoise, russe, globale. On note, sous les palmiers, une forte prévalence du motif conjugal homme occidental / femme asiatique. Pas d'écarts d'âge sordides dans les parages, on n'est pas à

Pattaya. Plutôt des couples mariés, constitués ici et pérennisés là-bas. On revient pour les vacances au pays de madame.

Vue de loin, ma famille ressemble à ça. Physiquement, je suis européen et la Femme asiatique. « Tiens, encore un loser qui est venu s'acheter un petit cul chez les pauvres », peut-on parfois lire dans le regard des braves gens.

Sauf que pas du tout.

Native de Corée du Sud, la Femme est tout aussi française que moi. Adoptée à l'âge de dix-huit mois, elle a grandi à Bourg-en-Bresse. Ses parents se prénomment Arlette et André. À bien des égards, elle est, avec son pli épicanthique (ses yeux bridés), bien plus franchouillarde que moi (on n'hésite pas à faire tourner les serviettes en écoutant Patrick Sébastien dans les cousinades où elle me traîne). Autre paramètre : la Femme gagne bien mieux sa vie que son homme. Elle est ce qu'il est convenu d'appeler une *femme puissante*, ce dont je ne suis pas peu fier. Ça me contrarie qu'on puisse l'envisager comme une femme entretenue.

De son côté, elle soupire derrière son sourire quand on lui pose la question « where are you from ? », sachant que, la plupart du temps, la réponse « from France » ne satisfera pas son interlocuteur. Alors elle répond « Korea » pour éluder, même si elle n'a jamais vécu dans son pays de naissance et n'y connaît personne. Ici, c'est le quiproquo linguistique récurrent : je m'adresse aux gens en anglais, ils lui répondent en thaï. En France, il arrive qu'on la félicite pour son excellent niveau de français, qui est sa langue maternelle. L'Enfant, avec ses traits eurasiens, a déjà l'habitude des remarques de cour de récréation sur sa « tête de Chinois » et il a appris à répliquer.

Je ne voudrais pas verser dans le couplet victimaire. Car en vérité, l'aspect métissé de notre foyer suscite avant tout de l'amabilité. On pourrait se focaliser sur quelques réflexions maladroites ou désobligeantes et en conclure que nous vivons dans des sociétés rongées par un racisme généralisé. On peut aussi dépasser ce biais de négativité et constater que l'immense majorité ne manifeste qu'une saine indifférence vis-à-vis de notre mixité familiale.

Aujourd'hui, je confie ma vie à Pong. Il est moniteur de plongée, porte une longue barbichette de sage confucéen, un bel embonpoint et il empeste l'alcool à 9 heures du matin. Il me présente celui qui sera mon binôme sous les eaux du parc national marin de Mu Ko Chang. Un certain Roman.

– Tu viens d'où ?

– De Russie. Et toi ?

– De France.

Roman me donne une franche poignée de main et un regard amical qui signifie *viens, on n'en parle pas*. Dans sa main tendue, j'entends : *nos deux pays sont en guerre très froide avec livraisons d'armes et menace nucléaire, mais toi et moi ne sommes pas ennemis alors profitons de cette journée sans nous laisser parasiter par tout ce merdier.*

Roman offre une allure avenante, ce qui n'est pas la norme chez le Russe moyen, peu réputé pour sa convivialité quand il est sobre (après trois vodkas, c'est une autre histoire, il t'embrasse comme un vieux frère). Sur la proue, Roman fixe l'horizon azur, contemplatif. Brise marine, îlots déserts, sable doré. Sa compagne, airpods aux oreilles, ferme les yeux et dodeline de la tête en souriant. Ils se délectent du présent. Ils oublient. Qui sait ce qui les attend en rentrant dans leur pays, où les hommes sont mobilisés pour aller servir de chair à canon ?

Pong passe son temps à fumer des clopes à l'arrière pour gérer sa gueule de bois. Ses yeux sont vitreux et il ne vérifie pas vraiment l'équipement des clients dont il a la charge. Roman, par exemple, allait plonger sans avoir ouvert sa bouteille d'oxygène. Vaut-il mieux mourir bêtement sur un récif corallien du golfe de Thaïlande ou mourir bêtement dans une tranchée du Donbass ?

Quarante minutes plus tard, nous remontons à la surface lavés des horreurs terrestres par le miracle aquatique. L'Enfant barbote avec sa mère dans les eaux aquarium en répétant le mot

« cristalline » avec gourmandise. Nous enlevons nos combinaisons de plongée et la compagne de Roman s'éclipse à l'arrière du bateau. Elle revient avec un bout de papier toilette coincé dans son maillot de bain. L'Enfant rit aux éclats, la guerre est loin.

En bouquinant sur le pont le temps du retour, j'apprends que Ko Chang a été le théâtre d'une bataille en 1941, durant laquelle l'aviation française (celle de Vichy), basée à Siem Reap, a détruit la flotte siamoise. Une sorte de Pearl Harbor quelques mois avant Pearl Harbor. J'ignorais l'existence d'une guerre franco-thaïlandaise, c'est fou tout ce qu'on ignore et que le voyage comble.

La mer est lisse, la Femme feuillette un magazine pendant que l'Enfant, la tête posée sur son ventre, dévore un roman sur sa liseuse. Mon carnet à la main, j'écris la phrase « le bonheur, c'est être en mouvement avec ceux qu'on aime ». Je raye pour remplacer par « le bonheur donne envie d'écrire des sentences niaises ». Je devrais peut-être essayer ça, tout compte fait. Écrire un de ces manuels de développement personnel maquillés en romans qui se vendent comme des petits pains, remplis de belles leçons de vie au bon sens inattaquable. J'appellerais ça *Le Bonheur d'être heureux*, je garnirais mon compte en banque et j'irais prodiguer des leçons de sagesse dans des talk-shows où je caresserais ma barbe blanche en hochant la tête avec bienveillance, je serais très content de moi et je décéderais d'ennui.

Non, je ne sais pas trop où il va m'amener, ce livre. Il commence en récit, il est possible qu'il s'achève en roman. Ça ouvre des possibilités. On bricole avec le réel, on transforme les personnes en personnages en leur donnant un nom générique avec une majuscule, ça met de la distance. Ça protège, un peu.

Ce que je sais, c'est que je vais écrire à la main. Avec un stylo et du papier. Pour éviter d'allumer mon ordinateur qui m'entraînera inévitablement dans le puits sans fond des Internets et de l'actualité qui crispe. Un carnet, avec des ratures, des phrases illisibles, un flux de pensée sans copier-coller, sans interruptions inopportunes de la machine, un matériau brut que je polirai au moment de le numériser.

Je ferai également appel à un *sensitivity reader*. Vous savez, ces lecteurs qui révisent les textes littéraires afin de s'assurer que tout est conforme aux règles de la bienséance du moment pour ménager les susceptibilités. (Traduction : les éditeurs ouvrent le parapluie pour éviter les anathèmes et les cabales dont les réseaux sociaux raffolent.) Je considère pour ma part que le droit de taquiner est une clé de voûte de la démocratie comme de la littérature et que la liberté d'expression devrait avoir comme seules limites celles de la loi (loi qui me semble plutôt bien conçue en France, dans la mesure où elle interdit les appels à la haine et à la violence). Pour autant, je n'ai pas le tempérament querelleur. En tant qu'agneau pacifique, je ne souhaite offenser personne et choisis donc ma relectrice sensible avec soin. Ce sera la Femme. C'est un exercice délicat d'exposer sa famille dans un roman. Elle est une protagoniste de cette histoire dont je tiens la plume, il me semble légitime de la laisser intervenir. Je lui accorde un droit d'annotation, qu'elle ne m'avait pas demandé. Ce texte pourrait donc être parsemé de notes de bas de page siglées NdlF (Notes de la Femme).

– Viens papa, on va jouer au mystère des rochers perdus.

À quelques mètres du rivage, des monticules forment une sorte de labyrinthe dans l'eau, comme une baie de Ha Long en modèle réduit. Nous escaladons les petits blocs en affrontant les crabes et de multiples dangers imaginaires au péril de notre vie. Parvenus au sommet, nous surplombons le dédale à un mètre cinquante au-dessus du niveau de la mer.

– On a réussi, papa, on l'a fait !

L'Enfant s'investit dans son film d'action à cent pour cent. Cette faculté de se projeter dans une fiction autogérée, dans la joie et l'intensité du présent, il me l'offre sur un plateau. Il réactive le gamin en moi. Dans trois ans, ça ne l'amusera plus de jouer les aventuriers de pacotille ; ce sera un truc de bébé trop nul. Alors aujourd'hui, j'en profite et j'ai neuf ans avec lui. (Neuf ans déjà que ma vie a basculé, qu'il est devenu le soleil autour duquel tourne ma vie de papa poule, me dépossédant de ma liberté pour m'apprendre l'amour inconditionnel.)

L'Enfant voudrait prendre une photo pour immortaliser son exploit mais le téléphone est resté sur la plage avec la Femme, qui profite de ce moment de tranquillité pour suivre son cours de yoga en visio.

– Garde le souvenir dans ta tête.

L'Enfant se concentre, pose les doigts sur ses tempes, marmonne des chiffres et dit *c'est bon*.

Le soir, sur la terrasse du bungalow, il recréera dans *Minecraft* le labyrinthe dont il a mémorisé la carte, sanctuarisant une réplique virtuelle de son odyssée au pays des rochers perdus. Une fois son œuvre accomplie, il lève la tête de son écran et, pensif face au crépuscule, déclare :

– Ça fait longtemps que j'ai pas enfilé de chaussettes.

Chaque soir, une grosse boule orange s'empare de l'horizon à heure fixe et le spectacle inverse nous attend douze heures plus tard. Cette immuabilité tropicale, dont nous sommes privés en

Europe, charge le quotidien d'un sens où le cyclique et le permanent se confondent. Ça pèse sur la façon d'envisager l'existence. Le temps n'a plus la même signification.

Notre soirée s'achève devant *Le Tour du monde en 80 jours*, version film d'animation. On ne fera pas le tour du monde mais notre voyage doit durer plus longtemps. Nous sommes ici depuis une poignée de semaines et ne savons pas quand nous repartons ni où nous allons. Vertige délicat que d'ignorer la prochaine étape. Nous avons vaguement prévu de faire un tour de l'Asie du Sud-Est, destination commode pour barouder avec un enfant, sûre, peu coûteuse et gorgée de splendeurs. Une fois qu'on est dans les parages, qu'est-ce qui nous empêche de pousser jusqu'en Corée ? Pourquoi pas, marmonne la Femme, qui n'est jamais retournée dans son pays natal. Pas un sujet pour elle. On verra, on verra.

Je suis soudain percuté par une épiphanie. Pourquoi ne pas rester ici ? Pourquoi rentrer ? La voix de la raison sermonne : pense au travail, au bon sens financier, à la vie normale. Le bruit des vagues susurre : tu vis ici pour moins cher qu'en France et ton boulot peut être effectué n'importe où. Je caresse l'idée de devenir un de ces nomades digitaux, qui se regroupent dans des niches paradisiaques dotées d'une bonne connexion wi-fi pour se nourrir de prestations freelance et de café latte. Au passage, ils font monter les prix des lieux qu'ils fréquentent, tels les bobos qui s'installent dans un quartier populaire. Le *digital nomad* est le gentrifieur global. Voulons-nous devenir cela ? On verra, on verra.

La lune est rouge comme jamais. Elle m'empêche de dormir, aidée en cela par les pulsations de la fête au village voisin. Le groupe joue fort et le son des guitares me renvoie au dernier concert auquel nous avons assisté à Paris. Une petite salle à Pigalle, des gens serrés, satisfaits de suer ensemble, qui remuent la tête sur une onde chaleureuse. Sur scène, Gaspard Royant fait chanter au public un hymne au bonheur. *You've got to take this message of love to your heart.* La Femme danse et virevolte, réconfortée par la musique, dans une communion avec notre famille amicale, celle qui permet d'oublier ses soucis le temps d'une soirée.

Fin du show, nous montons les escaliers pour sortir de la salle. La Femme marche devant moi et je la vois tituber. Elle m'agrippe par la manche, *ça va pas*. Dehors, sur le trottoir, ses genoux ne la portent plus. Elle s'appuie contre un mur. S'évanouit dans mes bras. Black-out.

Ce n'est pas l'alcool. J'ai passé la soirée à ses côtés, elle n'a bu que deux verres.

Que se passe-t-il ? Deux hypothèses. Un fils de chacal a pu subrepticement glisser du GHB, la drogue du viol, dans le gobelet de la mère de mon fils. (Petite pulsion de meurtre à cette idée.) C'est possible, de nombreux cas de soumission chimique sont rapportés à ce moment-là dans les bars de la capitale. On n'en saura rien. Mais je n'y crois pas trop. L'autre possibilité, c'est la rupture d'épuisement. La goutte de chardonnay qui fait déborder le vase. Le corps qui lâche d'un coup comme un élastique qu'on a trop tendu.

Il faudrait peut-être appeler les pompiers. La Femme, semi-consciente, refuse. Je la traîne dans un taxi. Elle balbutie des excuses, tentant malgré tout de faire bonne figure dans son brouillard. Dans le véhicule, sa tête pendouille comme celle d'une poupée désarticulée. Il n'y a plus une once d'énergie pour faire tourner cette machine, comme si le système était passé sur off. Une fois chez nous, elle s'enfonce dans un sommeil de cent tonnes.

Au matin, je veux l'emmener chez le médecin. Pour une mise au repos, au moins, et des analyses pour savoir si elle a été droguée à son insu. Elle ne peut pas, il y a comité de direction aujourd'hui. Elle est déjà dans la salle de bains, en train d'appliquer ses peintures de guerre, mascara et rouge à lèvres, pour repartir au combat. La Femme : vingt ans de salariat, zéro jour d'arrêt maladie.

Pourquoi s'infliger ça ? Pourquoi s'entêter dans une posture où l'héroïsme le dispute à l'autodestruction ? Un besoin de montrer qu'on est dure au mal, qu'on est capable d'encaisser, peut-être parce qu'on doit prouver deux fois plus quand on est une femme – et pas un rejeton de la bonne société de l'Ouest parisien partant dans la course avec quelques siècles d'avance. Clac, l'élastique.

C'est fascinant, la puissance du déni. Votre corps dicte une consigne (repose-toi), votre conscience l'ignore (c'est bon, je vais tenir le coup). Votre cerveau, pourtant agile, est leurré par la tâche numéro un (faire le job), qui occulte tout le reste. Vous vous oubliez.

9 heures du matin, la Femme enfile son casque, monte sur son scooter, file au bureau, me laissant à mon inquiétude et ma colère, sans savoir si je dois pleurer ou écrire un livre. Ou partir, loin.

Le concert a cessé au village. Je ne dors toujours pas. Ma peau desséchée me démange et, comme chaque soir autour de minuit, les chiens de la plage aboient à l'unisson.

– Ils sont bien relous ces clébards, peste l'Enfant en se retournant dans son lit.

La Femme récupère quelques mois de sommeil en retard. Elle parle encore de son travail dans ses rêves, mais moins souvent. Je me relève discrètement pour me diriger à pas de loup vers les trousses de toilette posées au pied du lit. Je les ouvre précautionneusement, une à une, sans faire de bruit, pour dénicher le beurre de karité.

– Tu vas où ?

Elle ne dormait pas si bien. Je dissimule le pot derrière mon dos.

– Nulle part, je vais pisser, rendors-toi.

Je m'éclipse à la salle de bains pour m'enduire de crème, ma peau me dit merci quand, soudain, la silhouette de la Femme apparaît sur le pas de la porte.

– Pose ce beurre de karité, amigo.

– Mais j'avais la peau sèche.

– Tu as dénigré mes cosmétiques et maintenant tu te badigeonnes comme une petite pétasse d'influenceuse. C'est trop facile. Tu vas finir par me piquer mon huile prodigieuse.

– Je te ferais jamais ça, mon amour.

– Je vais quand même la mettre en sécurité.

Je tente alors une diversion.

– Et si on baisait ? L'Enfant dort et j'ai la peau toute douce.

– Il fait trop chaud.

– Je peux mettre la clim.

– C'est pas bon pour la planète. Et je vois même pas pourquoi je te réponds. Rends. Moi. Ce. Beurre. De. Karité[1][2].

---

1. NdlF : Cette scène n'a jamais eu lieu, espèce de gros mytho.

2. NdlA : Nous sommes dans un roman, j'ai parfaitement le droit d'adapter le réel.

Les différends conjugaux peuvent accoucher de moments de vérité orientant nos destinées. Notre couple a traversé le temps sans tempête majeure, jusqu'ici. Bien sûr, on s'engueule parce qu'elle laisse toujours traîner ses chaussettes ou que j'ai oublié de racheter du pain. Pas de quoi faire sombrer le navire. La Femme et moi : deux personnes qui se veulent du bien, naviguent en autonomie et se foutent la paix. L'écueil, c'est qu'on peut dériver, se côtoyer en pilote automatique et se perdre de vue sans s'en rendre compte. Vigilance requise. « L'amour, tu sais, ce dont il a le plus besoin, c'est l'imagination. » Il a raison, Romain Gary. On en a vu se saborder, des couples. À force de faire des ronds dans l'eau, des mutineries se déclenchent. Certains sautent par-dessus bord, d'autres restent en cale sèche. Rien n'est acquis. Il faut entretenir le vaisseau. Veiller sur l'autre. Pour souder l'équipage, nous avons besoin d'aventures communes, de mers à sillonner ensemble, en compagnie de notre moussaillon. Je lâche le dossier beurre de karité pour recentrer la conversation vers l'essentiel.

– Tu es heureuse ici ?

– Ça va. Mieux.

– Qu'est-ce qu'on imagine pour le reste de notre vie ? On s'installe sous les palmiers ou on part explorer le vaste monde ?

– On avance.

Elle a raison, faisons nos bagages. Des paradis, on en trouvera d'autres.

Épisode cambodgien, où l'on aimerait se transformer en canard

Première vision du Cambodge, ce matin, à la frontière : un arc de triomphe et un gigantesque bâtiment calciné. Gloire et destruction, comme un symbole de l'histoire khmère, d'Angkor à Pol Pot. L'immeuble réduit en cendres portait fièrement le nom de Grand Diamond City Casino, jusqu'à ce qu'il flambe, quelques semaines plus tôt, faisant franchir à une trentaine de personnes la frontière entre l'enfer du jeu et l'enfer tout court.

L'escalator menant au bureau d'immigration ne fonctionne pas, il faut traîner nos bagages dans l'escalier. L'Enfant râle, je lui explique la raison de la panne : il s'agit de faire marcher le business des porteurs qui reverseront une commission aux flics supervisant la mise en panne de l'escalator. Petite leçon de choses prodiguée par le voyage, qui ne s'apprend pas à l'école.

Jouons à décrypter le paysage pour occuper l'Enfant, qui supporte stoïquement les sept heures de trajet du jour dans un bus antédiluvien sur une route cabossée. Ce vendeur ambulant de bassines, que nous dit-il sur la vie d'ici ? (Il n'y a pas de magasin Ikea sur ce territoire.) C'est qui, ce monsieur à lunettes en photo dans tous les villages ? (C'est le mec qui dirige le pays depuis une quarantaine d'années.) Et ces fossés, pourquoi sont-ils jonchés de détritus ? (Parce que le monsieur à lunettes ne se soucie pas trop de l'environnement.) À quoi ça sert, les maisons construites sur pilotis ? (À mettre les vaches à l'ombre lors de la saison sèche et les hommes à l'abri à la saison des pluies.) D'ailleurs, pourquoi les vaches sont-elles si maigres ? (Elles ne sont pas très bien nourries car le Cambodge pointe à la 141e place sur 191 à l'indice de développement humain.)

L'Enfant emmagasine les informations au fil des kilomètres. C'est profitable, quoique ça n'enseigne pas la conjugaison de l'imparfait ni les multiplications posées que ses camarades de classe sont en train de potasser à dix mille kilomètres de là. Nous avons déscolarisé l'Enfant dans les règles de l'art administratif, avec dossier dûment tamponné par le rectorat. J'ai pris ma plus belle plume en langue de bois pour promettre, la main sur le cœur, que nous nous engagions à dispenser un enseignement ~~à la maison~~ sur la route conforme aux programmes scolaires (tout en rassurant l'institution, en filigrane, sur le fait que nous n'extrayions pas l'élève pour le traîner dans une secte ou au djihad). Son institutrice, bénie soit-elle, nous envoie chaque semaine leçons et devoirs via WhatsApp. Ce support pédagogique s'avère précieux car, même si la Femme et moi maîtrisons parfaitement la conjugaison de l'imparfait, nous ne sommes pas enseignants et mesurons à cette occasion la difficulté du métier. Nous avons promis de sanctuariser deux heures quotidiennes pour l'école. Les bons jours, nous parvenons à tenir quinze minutes. L'Enfant soupire, se défile, use de tous ses stratagèmes dilatoires pour écourter, balayer l'exercice d'un *non mais c'est bon ça je le sais*. Je le comprends. Là, dehors, il y a le Cambodge, qui ne demande qu'à être exploré. Et dedans, il y a la tablette, la maudite tablette qui nous rend tellement service quand il s'agit d'occuper la bête. Bon an, mal an, nous suivons le programme, une dictée par-ci, un exercice de maths par-là. Nous ne sommes pas inquiets, persuadés que le ressenti accumulé sur le chemin l'éclairera tout autant que les leçons reçues entre quatre murs.

Le tuk-tuk qui nous alpague à la descente du bus se nomme Tiger (il assure qu'il s'agit de son vrai prénom). Nous voilà à Siem Reap (« là où les Siamois se sont fait aplatir », littéralement), ville jouxtant le site d'Angkor, qui est au Cambodge ce que les pyramides sont à l'Égypte, un trésor national et une source de devises. La ville est moins étendue que je ne l'imaginais, calme et proprette (j'apprends que les habitants des bidonvilles longeant la rivière ont récemment été ~~relogés~~ expulsés par les autorités). Tiger, qui m'appelle Bro, nous dépose à l'hôtel où le patron tente de nous vendre sa tournée des temples mais non merci on va se débrouiller tout seuls.

Nous trépignons au petit matin devant le guichet d'accueil d'Angkor. Une fois nos tickets achetés, on nous informe que la Femme ne pourra pas accéder aux temples dans cette tenue. Elle porte un short. Nous nous faisons donc refouler pour cause de genoux. Caramba, encore un coup du patriarcat. Retour express à l'hôtel, où elle enfile une jupe longue afin de ne pas souiller les temples de son impureté de femelle tentatrice.

– Mais ils sont cons, non ?

L'Enfant ne comprend pas trop le principe – moi non plus, en vérité. Je lui explique que, dans les lieux considérés comme sacrés, dans toutes les cultures, on doit se comporter et se vêtir de manière respectueuse. On enlève son chapeau et on ne montre pas son cul. Certes, les genoux de la Femme (qui sont magnifiques) ne manquent de respect à personne mais tout le monde n'a pas la même définition de la décence. Nous sommes des visiteurs dans ce pays, on se plie à ses règles.

L'épisode est anecdotique, considérons-le comme un module dans le cursus de notre petit apprenti grand voyageur. Au programme ce semestre : décentrer son regard. S'adapter à un contexte inédit. Définir ce qu'on accepte de relativiser au nom d'un usage, ce qu'on refuse au nom de la dignité universelle. Repérer une embrouille de loin. Découvrir les vertus de l'incertitude. Expérimenter un autre rapport au temps. Les bénéfices d'un tour du monde valent bien ceux d'un doctorat. Les derniers apports des neurosciences démontrent que voyager favorise la création de nouvelles connexions cérébrales et stimule la mémoire. La recherche valide l'adage populaire : les voyages forment la jeunesse. Si tu valides tes acquis à l'issue de ce terrain, tu auras appris qui tu es – et tu sauras que tu peux être quelqu'un d'autre, car chaque étape est une renaissance.

Le lever de soleil sur Angkor Vat vaut son pesant de Machu Picchu. C'est notre première fois face au temple des temples, la huitième merveille du monde bâtie au XIIe siècle par Suryavarman II à l'apogée de l'Empire khmer et ~~découverte~~ remise à la mode par l'entomologiste Henri Mouhot en 1859. L'édifice qui a enclenché les ambitions françaises sur le Cambodge, le monument figurant sur le drapeau national, la fierté d'un peuple qui se relie à ses ancêtres par leur génie architectural, le chef-d'œuvre que même les Khmers rouges n'ont pas osé profaner dans leur appétit de destruction.

Angkor Vat s'offre à nos yeux éblouis et empâtés de sommeil, comme à ceux des centaines de visiteurs légitimement venus admirer la même chose que nous. Le spectacle est envoûtant quoique légèrement parasité par cet homme muni d'un tro, le violon traditionnel khmer, qu'il maltraite pour jouer la *Lambada* dans le but évident de nuire à l'humanité. Et non merci madame je ne veux pas acheter ta croûte représentant le temple au crépuscule car je l'ai en face de moi.

– Ça fait penser au palais du facteur Cheval, note judicieusement l'Enfant.

– Oui, c'est bien ça, coco. Attends, tu vas me répéter exactement ça dans le micro.

Car j'ai eu une idée géniale (je pèse mes mots) : nous allons produire un podcast lors de cette aventure. Le premier guide de voyage pour les enfants raconté par un enfant. Je cadrerai l'éditorial mais c'est bel et bien notre fils qui racontera l'histoire, avec ses mots, sa spontanéité, sa hauteur de vue – autour d'un mètre trente. Je sors l'enregistreur, appuie sur REC :

– Alors dis-moi fiston que vois-tu devant toi ?

– Bah, c'est un temple.

– OK et il est comment ce temple ?

– Bah, c'est des pierres, quoi.

Pendant trois jours, nous sillonnons Angkor dans le tuk-tuk de Tiger (que j'appelle désormais Bro, moi aussi), sautant d'un temple *incontournable* et surfréquenté à une ruine égarée dans la jungle où, seuls au monde, on peut se prendre pour des explorateurs à peu de frais. Main dans la main, la Femme et l'Enfant évoluent dans une Angkor dépeuplée, décor de scénario postapocalyptique qui, si on laisse vagabonder son imagination dans la poésie des civilisations effondrées, laisse à penser que nous sortons d'une machine à voyager dans le temps au réglage indécis. Avons-nous atterri dans le passé ou le futur ?

Nous nous extasions devant le complexe du Ta Prohm surmonté de gigantesques arbres fromagers dont les racines dégoulinent sur la pierre sculptée des bas-reliefs, cathédrales végétales donnant envie d'écrire de grands aphorismes sur le génie et la vanité humaine finissant engloutis par la puissance de la nature et le temps long, alors pourquoi s'emmerder à faire quelque chose de sa vie, finalement ?

L'Enfant gambade en énonçant des phrases d'une ingénue beauté, quand le micro est coupé. Dès que je sors le matériel, il se raidit :

– Ouais, c'est des pierres, encore des pierres, toujours des pierres.

Je crois qu'il cherche à me faire passer un message qu'on pourrait résumer de la façon suivante : *Papa, arrête de me gonfler avec ton podcast débile.*

Soit, n'insistons pas. Laissons-le profiter du moment. Il doit déjà écrire un carnet de route dont il enverra les pages à ses camarades de classe, sorte de contrat pédagogique passé avec sa maîtresse ; c'est bien suffisant.

Nous suons pour atteindre le Phnom Bakheng, une courte marche vers ce temple perché sur une colline, d'où la vue sur la forêt est saisissante. Des policiers arrondissent leur fin de mois en transbahutant des touristes chinois bedonnants sur leur moto. Au sommet, la troupe est compacte, bruyante, affublée de perches à selfie, de Crocs et de bermudas bariolés. Je m'adosse à la pierre du temple pour me plonger dans la lecture du *Kampuchéa* de Patrick Deville qui suit André Malraux qui suit Pierre Loti qui suit Henri Mouhot jusqu'à sa redécouverte d'Angkor, dans un cycle d'écrivains constatant que l'aventure, décidément, c'était quand même autre chose avant.

Le soleil s'éteint sur l'horizon, le spectacle nous installe dans un état de gratitude envers la création propice aux élans lyriques. La foule sonore et mal fagotée ne parvient pas totalement à gâcher la magie de l'instant. La Femme me regarde dans les yeux et déclare : « Tu es l'homme de ma vie. Je veux vieillir avec toi. Promets-moi simplement de ne jamais porter de pantacourt. »

Il est grand temps de s'écarter de la zone d'influence touristique, d'autant que la radio de l'hôtel est bloquée sur Chérie FM – le patron est français. Il est bien cruel de se farcir Vianney ou Lara Fabian au petit-déjeuner alors qu'on est si loin de l'Hexagone. La Femme a accepté ma proposition d'aller camper dans un village de cambrousse, ce qui n'est pas tout à fait dans ses habitudes. Ses penchants la guident plutôt vers l'option piscine et cocktail, quand un hamac et une bière suffisent à mon bonheur.

Allez, ça fera plaisir au gosse.

Le portail est cadenassé à notre arrivée. J'avais pourtant calé notre check-in avec le propriétaire des lieux. Il fait trente-huit degrés, nous sommes sur une piste avec notre barda, au milieu de rien, dans un bled où personne ne parle anglais et je n'ai pas de réseau. La Femme commence à ~~tirer la gueule~~ faire la moue. Une légère fumée émane de ses narines. J'ai beau être l'homme de sa vie, cette lubie de camping pourrait finir par me retomber dessus.

Il suffit de patienter une petite heure et deux adolescentes surgissent à moto pour ouvrir le portail, nous fournir une tente et sauver mon couple. (Croyez-en un voyageur chevronné : il suffit souvent d'attendre une ou deux heures pour que les problèmes se dénouent ; la patience sauvera le monde.)

Nous installons nos quartiers face aux rizières où paissent des buffles qui font semblant de ne pas nous voir.

Nous sommes seuls.

Il n'y a rien à faire.

À part observer les buffles qui, paisiblement, retournent vers l'enclos à l'approche du crépuscule. Je suppose que cette scène se répète à l'identique depuis des siècles, peut-être des millénaires. Certes, le paysan guidant son troupeau porte une chemise made in China et il a sûrement un portable dans la poche mais ses gestes ne doivent guère être différents de ceux de son ancêtre du XIIe siècle, à l'époque où Suryavarman II bâtissait Angkor Vat.

La Femme produit de gros efforts pour ne pas grogner contre la chaleur, l'inconfort et l'absence de débit de boissons. Et qu'est-ce qu'on va manger d'ailleurs ? Je pars me procurer quelques œufs au village, où l'on me dévisage avec incrédulité car l'étranger est une denrée rare dans les parages.

L'Enfant semble déçu. Cela fait pourtant des mois qu'il me tanne pour aller camper.

– Je pensais qu'on serait au bord d'une falaise et qu'on irait chercher notre nourriture nous-mêmes dans la nature.

Notre petit bobo urbain a développé un penchant survivaliste, probablement dû à de trop longues expositions aux émissions de type *Koh-Lanta* et aux messages catastrophistes dont on bombarde les enfants à longueur de journée.

– Je suis bien désolé, fils, mais non on ne va pas chasser le buffle pour le repas du soir. Je sais pas faire. Et je suis pas sûr que les villageois apprécieraient qu'on dégomme leur bétail. Déjà qu'ils me regardent bizarrement.

Cette expérience n'est pas assez aventureuse pour lui et trop inconfortable pour la Femme. Pas si facile de trouver des compromis quand on sort des sentiers balisés. Je songe au fait que nous sommes partis pour vivre collés à trois, vingt-quatre heures sur vingt-quatre, pendant des mois, dans les soubresauts de l'itinérance. Il va peut-être nous sembler trop long, ce voyage. Nous dormons très mal.

Je ne connais pas le nom du village dans lequel nous nous réveillons. La famille qui possède le terrain a débarqué au petit matin. Trois enfants dont un garçon de l'âge du nôtre. Il s'appelle Linh et parle anglais. Les gamins entament une partie de foot puis ils partent se promener dans l'horizon des rizières. L'Enfant court la campagne, sous les tropiques et hors de notre vue, en bonne compagnie.

À leur retour, Linh et ses frangines nous donnent un cours de khmer dans le matin placide. Assise en tailleur sur une natte, la Femme note dans son carnet les rudiments de la langue, qui nous permettront de manifester notre bonne volonté en disant *su sdey* au lieu de *hello,* ou *orkurn* plutôt que *thank you*, et de gagner un sourire au passage. Langue non tonale disposant de son propre alphabet, le khmer est un idiome que je qualifierais volontiers de *très compliqué*. La Femme pousse l'apprentissage jusqu'à « je viens de France » et « le Cambodge est un très beau pays ». Les gamins pouffent en entendant nos prononciations hasardeuses. La Femme leur apprend en retour quelques mots dans la langue de Barbara. Une petite sœur de Linh se penche sur son épaule, l'autre vient s'asseoir sur ses genoux. Sa personnalité d'animatrice de colonies ressurgit après avoir été longtemps dissimulée sous l'armure de l'executive woman. Au bout du monde, loin des regards, la Femme se retrouve. Ses traits se sont détendus. Sa peau a retrouvé de l'éclat. Sa voix sonne plus juste. Il aura fallu quelques semaines et plusieurs milliers de kilomètres, il aura fallu se perdre dans une campagne où le temps tourne au ralenti mais le résultat apparaît. L'aura de la Femme se rallume.

Neurosciences, encore : grâce au shoot de nouveautés permanent, les voyages génèrent de la dopamine, préviennent l'apparition des maladies dégénératives et, écoute ça, Femme, permettent de lutter contre le stress et la dépression. Les schémas de la dépression sont semblables à ceux du burn-out : on s'embourbe dans une ornière qui rend aveugle. Depuis le trou, on ne voit plus la surface. On se cogne sur les mêmes murs avec application, constance, rage. À force de courir sur place, on érode le sol pour creuser sa propre tombe. La route, elle, nous extirpe du cycle de la rumination délétère. On avance vers la consolation.

Cette thérapie par le voyage m'avait sauvé, bien des années plus tôt. Jeune homme égaré à un carrefour de ma vie, j'avais emprunté l'unique chemin sans panneau de signalisation. J'étais parti, seul et loin, sans date de retour. Un an plus tard, je revenais avec une direction à suivre : l'écriture. Ce voyage initial m'avait fourni un horizon, qui me guide encore aujourd'hui.

Les enfants jouent maintenant à cache-cache. Mon fils imite le zombie en poursuivant les petites sœurs qui se bidonnent. Un buffle observe la scène avec ce flegme qu'on connaît aux buffles. C'est aussi pour ce genre de moments que j'ai fomenté ce périple familial. Voir notre fils se connecter aux autres, en bondissant très haut au-dessus des barrières culturelles et linguistiques, comme seuls les enfants savent le faire[1]. Il va peut-être nous sembler trop court, ce voyage.

La Femme n'a pas tardé à se venger de notre séjour au camping en réservant un hôtel avec piscine et chambre familiale. J'ai ronchonné mollement avec mon discours décroissant (« on est là pour se dépouiller, se contenter du nécessaire, vivre d'amour et d'eau fraîche ») puis j'ai rendu les armes. Avec ses deux chambres séparées, la suite familiale facilite

1. Je vais tenter de me pointer au village en imitant le zombie, la bave aux lèvres, pour courir après les femmes, on verra ce que ça donne. (En vérité, je sais très bien ce que ça donnerait : je me ferais lyncher par des paysans auxquels je tenterais d'expliquer qu'il s'agit d'un malentendu et qu'ils devraient se reconnecter à l'enfant en eux mais, pour le coup, la barrière de la langue ferait son office et je me la prendrais dans les dents.)

l'expression de l'amour et la piscine fournit l'eau fraîche. Tout ça pour le prix d'une demi-auberge de jeunesse à Paris, ce serait trop bête de se priver. J'équilibrerai mon karma en dormant dans une yourte sans climatisation à la prochaine étape.

L'Enfant note dans son journal : « Je suis arrivé à Phnom Penh, où il y a un palais royal qui est stylé et beaucoup de tuk-tuks, c'est comme des taxis mais c'est des motos avec une remorque. » Phnom Penh, capitale du Cambodge et du darwinisme routier, est une fournaise où les SUV aux vitres teintées des nouveaux riches se frayent leur chemin sans pitié et encombrent les trottoirs rendus inaccessibles aux piétons. J'ai commandé un tuk-tuk sur une appli dédiée. Le gars se nomme Mister T et son véhicule se faufile avec témérité dans un labyrinthe d'embouteillages poussiéreux, slalome sur l'avenue Charles-de-Gaulle et bifurque sur le boulevard Mao-Tsé-Toung, dans une odonymie schizophrène rappelant le xxe siècle mouvementé de ce pays.

Sur le site Tripadvisor, le musée du génocide de Tuol Sleng caracole à la première place de la rubrique « Activités à faire à Phnom Penh », recommandé par 98 % des visiteurs avec une note de satisfaction s'élevant à 4,5/5. On ne peut pas comprendre le Cambodge d'aujourd'hui sans se pencher sur ce qui est advenu le 17 avril 1975 et durant les trois années, huit mois et vingt jours qui ont suivi, quand les Khmers rouges ont entraîné leur nation dans une des expériences les plus radicales qu'ait connues l'humanité. Du jour au lendemain, Pol Pot et ses troupes ont aboli la ville, la famille, l'argent, la propriété de soi-même. Un peuple réduit en esclavage, un pays transformé en camp de concentration, dans une forme d'autogénocide à la barbarie remarquablement novatrice, au nom du progrès. Trois ans, huit mois, vingt jours, deux millions de morts. Ou trois, on n'est pas bien sûr.

Plus connue sous le nom de S21, Tuol Sleng joue le rôle mémoriel d'un Auschwitz tropical. Ancien lycée français transformé en prison, le musée des horreurs expose les photos des corps suppliciés, détaille la rigueur du processus bureaucratique et les méthodes du maître des lieux, Duch, bourreau féru de poésie qui forçait les détenus à manger leurs excréments, torturait les femmes enceintes et embrigadait les enfants pour en faire des assassins.

Pour comprendre les rouages de la mécanique khmère rouge, il faut avoir vu les documentaires de Rithy Panh, qui sont au génocide cambodgien ce que le *Shoah* de Claude Lanzmann est à l'Holocauste. À S21, on n'explique pas pourquoi on tue. La procédure se passe de motif. On soigne les agonisants pour pouvoir les tourmenter plus longtemps. C'est le Parti qui décide quand tu meurs. On ne rend pas les corps. Pas de cérémonie, pas de deuil. Pas de civilisation. On élimine l'identité et la mémoire. On détruit l'ancien monde pour en fabriquer un nouveau.

En 2011, la caméra de Rithy Panh recueille la parole de Duch, emprisonné dans l'attente de son jugement. Un Duch qui « aime le travail bien fait », s'est converti au christianisme évangélique et a déposé une demande de remise en liberté. Duch qui déclame Alfred de Vigny avec autosatisfaction. Qui tente de se dédouaner par cette formule vertigineuse : « Qu'est-ce que la vérité, à l'époque ? »

Au musée de Tuol Sleng, les visiteurs déambulent en short, audioguide sur les oreilles, tellement absorbés par le cauchemar qu'ils en oublient de consulter leur téléphone. Le discours historico-touristique officiel met tout sur le dos de « Pol Pot et sa clique ». Clique qui a été amnistiée au nom de la réconciliation nationale, avant d'être condamnée sur le tard, bien trop tard, par un tribunal spécial soutenu par les Nations unies. Le Premier ministre en poste depuis quatre décennies, le gars avec les lunettes en photo dans tous les villages, est un ancien cadre khmer rouge. (Le chauffeur de mon tuk-tuk le qualifie de héros. Les opposants cambodgiens en exil que j'ai eu l'occasion de croiser en France ne partagent pas tout à fait cet avis.)

À la sortie du musée, un tout petit nonagénaire enfoncé dans son bonnet patiente derrière une pile de livres. C'est un rescapé. Son assistante tente de refourguer son bouquin avec insistance à tout le monde, ce qui me met mal à l'aise. Une touriste américaine achète l'ouvrage. Je ne sais pas si elle le lira mais, en tout cas, elle pose pour un selfie en compagnie du vieillard revenu de l'enfer. Elle est rayonnante.

Pour les damnés de Tuol Sleng, la souffrance s'arrête à Choeung Ek, champ d'exécution situé au bord d'un lac, dans les faubourgs de la capitale. Ils émargent à leur arrivée, signant littéralement leur arrêt de mort. Pour « arracher les racines » des ennemis du peuple, on massacre à coups de gourdin ou de machette avant d'égorger et d'entasser tout ça dans des fosses communes. Au centre du *killing field*, un haut stupa commémoratif abrite des milliers de crânes défoncés. Il est trop petit pour accueillir tous les ossements. Vingt mille victimes sur ce site. Il en existe trois cents de ce type dans le pays.

Une famille de canards trottine de sa démarche pataude entre les touristes et les charniers sans se soucier des tragédies enfouies sous leurs pieds palmés. Je ressens une brutale envie de me transformer en caneton insouciant. C'est hélas impossible, je suis un humain et reste à ce titre doué d'empathie. Ma gorge se dessèche devant l'arbre sur lequel on éclatait les bébés sous les yeux de leur mère. « Arracher les racines », c'était ça. Putain, je frémis encore en l'écrivant. J'ai bien fait de ne pas amener l'Enfant. Cette leçon d'histoire attendra.

« On paye toujours la violence vécue à l'époque des Khmers rouges. Tout le monde a subi des atrocités ou en a été témoin et il n'y a évidemment pas eu de suivi psychologique. Les traumatismes sont reproduits sur les générations suivantes », explique l'employé de l'ONG, qui évoque les fléaux contemporains de la violence intrafamiliale et de l'exploitation sexuelle infantile. *Pour un sourire d'enfant* a été créée dans les années 1990 par un couple de retraités français, cathos de gauche baroudeurs et révoltés par le sort des milliers de gosses chiffonniers sur la décharge de Phnom Penh. Il se sont dit : *il faut faire quelque chose*. Et ils l'ont fait. Un empire de bienfaisance, en l'occurrence. En un quart de siècle, douze mille enfants sortis de la misère, nourris, soignés, scolarisés, insérés dans la vie professionnelle avec des jobs décents, à la seule force de l'indignation mariée au pragmatisme. Il existe tellement d'ONG qui engloutissent des fortunes pour un résultat nul ou contre-productif. En faisant le tour des lieux, aujourd'hui dirigés par une Cambodgienne, on constate que les principes appliqués ici fonctionnent de manière pérenne. C'est un véritable quartier, centré autour d'une école alimentée par des dizaines de bus scolaires sillonnant la ville au quotidien. À l'heure de la récré, une nuée d'enfants en bonne santé et en uniforme s'ébat dans la cour. Les moins timides viennent exercer leurs trois phrases d'anglais à notre contact et, grâce à leur énergie, je n'ai plus envie d'être un canard.

J'ai bien fait d'amener l'Enfant. Il écoute attentivement les explications qui nous sont données ; il observe d'autres vies que la sienne, commence à mesurer la chance que représente le fait d'aller à l'école. Il découvre qu'on peut avoir neuf ans et vivre sur une décharge. Il intègre aussi l'idée qu'on peut améliorer le monde, un petit peu, si on veut bien s'en donner la peine.

La Femme n'a pas vraiment profité de la visite car elle a fait un malaise vagal au bout d'un quart d'heure. Le tourbillon de Phnom Penh et sa chaleur oppressante ont eu raison de son regain de vitalité. Rien de grave, elle est sur pied un Coca et quelques minutes plus tard.

Nous sommes pressés de rentrer pour nous mettre au frais, alors nous ne prêtons pas vraiment attention à l'allure du chauffeur de tuk-tuk, le premier qui se présente. Celui-ci démarre sans même s'enquérir de notre destination. Je lui montre le trajet sur Google Maps, il se concentre sur mon téléphone trop longtemps, sans regarder la route, se trompe une fois, deux fois de parcours, répète *OK, OK* alors qu'il fait n'importe quoi. Ce gars ne semble pas dans son état normal – enfin, si c'est son état normal, sa vie ne doit pas être simple. Il rate une nouvelle fois l'embranchement, se ravise, *OK, OK,* enclenche un demi-tour abrupt, sans regarder dans son rétroviseur.

Un choc assourdissant, bruit d'explosion.

Un corps s'envole.

Le motard non casqué qui arrivait derrière nous, trop vite, traverse l'atmosphère au ralenti et retombe lourdement sur le bitume. Pas OK.

Réflexe : serrer l'Enfant dans mes bras, lui cacher les yeux. Checker la Femme.

Tout le monde est intact dans le tuk-tuk. L'habitacle nous a protégés.

Les passants se précipitent vers le motard. Notre chauffeur, yeux écarquillés, réagit à peine. Il est défoncé. Je me maudis d'avoir fait grimper ma famille avec ce type. Un coup d'œil au motard. Il est conscient et entouré. On l'aide à se relever. Ça ira pour lui. Je glisse un billet au conducteur pour m'en débarrasser.

S'extirper de la scène. Retrouver un rythme cardiaque normal. Rentrer à pied.

– Tu te sens comment, fils ?

– J'ai eu peur.

– Moi aussi. C'est normal.

– Ça m'a fait comme un choc mental dans la tête.

Leçon à retenir : toujours vérifier les pupilles des gens auxquels on confie nos vies.

Il me semble que nous avons mérité un moment de tranquillité. L'Enfant sirote son jus d'ananas. La Femme édite les photos prises dans cette ville qui offre de sacrées propositions visuelles. Depuis ce rooftop, nous bénéficions d'une vue imprenable sur les rives scintillantes du Mékong. Panorama de gratte-ciel rutilants dans les nouveaux quartiers d'affaires. Écrans géants dont les lumières ruissellent sur les façades des casinos cinq étoiles. L'argent, lui, ruisselle peu. Si le Cambodge a multiplié son PIB par six en vingt ans, la croissance ne profite pas à tout le monde. La spéculation immobilière et l'inflation pèsent sur les plus précaires, conducteurs de tuk-tuk embrumés, vendeuses de rue noircies par le bitume, gamins chiffonniers sur les décharges.

Ici, en altitude, il fait dix degrés de moins qu'au sol, dans les gaz d'échappement. Les riches au frais, les pauvres dans l'étuve : Phnom Penh, une certaine idée du futur. Au-dessus du bar, une plateforme accueille un cube de verre, un espace VIP privatisable pour les grands événements. Ce soir-là, c'est un anniversaire. Le cube se remplit d'élégantes de la capitale, tailleurs de marque, stilettos et peaux blanchies au collagène. Une quinzaine de femmes trophées, sans leurs hommes, qui devisent, coupe de champagne en main et sac monogrammé au coude. Elles ont toutes apporté des cadeaux estampillés Dior ou Chanel pour gâter celui que l'on fête ce soir et dont la photo trône en grand format à l'entrée de l'espace VIP. Il est tout blanc, frisé et pomponné. Il s'appelle Kaidee. C'est un caniche.

Surnommée « la perle de l'Asie » dans les années 1920, Phnom Penh est aujourd'hui « un paradis vénéneux, mélange de sexe et d'argent sale, de corruption de mœurs qui précède la chute », telle qu'elle est décrite dans *Kampuchéa*. Le voyage en famille n'étant pas la configuration idéale pour pratiquer le tourisme sexuel, je ne peux pas totalement confirmer cette assertion. Mais enfin le côté vénéneux apparaît clairement et nous ne souhaitons pas nous attarder ici.

Nous nous entassons à trois sur deux sièges dans un bus bondé et cahotant au petit matin. Je suis coincé contre une énorme mamie qui piaille dans son téléphone et on m'aboie dans les oreilles. Je me retourne : je voyage avec une caisse de chiots en guise de coussin. Ils sont moins bien lotis que Kaidee. J'ai des bagages jusqu'au menton et il y a une moto dans le coffre. Le chauffeur est désagréable. Il ne répond pas quand on le salue et conduit comme un suicidaire – ça commence à bien faire. Il s'arrête toutes les dix minutes pour faire ses courses. Il prend tranquillement son petit steak, ses petites chips, son petit Fanta, puis il houspille la Femme quand elle finit sa cigarette au moment de remonter dans le bus.

Je prends mon mal en patience en me plongeant dans la pop cambodgienne des années 1970, quand une génération d'artistes s'appropriait les sonorités anglo-saxonnes, yé-yé asiatiques en minijupe et pattes d'eph. La jeune Pan Ron, carré plongeant et voix en sucre – disons une sorte de France Gall khmère – chante *I'm Unsatisfied* sur fond de rhythm and blues. Les basses sont chaudes, la wah-wah frénétique, ça sent l'émancipation féminine et la jeunesse bien décidée à bouffer la vie. Mais d'autres gens en avaient décidé autrement. Il n'existe presque plus de survivants de cette scène-là, coupable d'aimer des vibrations venues d'ailleurs. Personne ne sait ce qu'est devenue Pan Ron, disparue autour de 1979 avec son insouciance et ses chansons. Restent quelques enregistrements sauvés du désastre, petit miracle accessible depuis mon iPhone, que j'écoute pendant que le chauffeur du bus insulte un automobiliste. Il a une soixantaine d'années, il a peut-être écouté Pan Ron à la radio durant sa jeunesse. Il devait être adolescent sous Pol Pot. Ceci explique sans doute son irascibilité. Étais-tu tortionnaire ou torturé, camarade ?

Le trajet est censé durer trois heures, il en fera plutôt six, ce qui laisse du temps pour réfléchir au concept de révolution. Voici Kratie, trente mille habitants et rien de notable à offrir au visiteur, si ce n'est sa banalité tropicale, ses fils électriques emberlificotés, deux hôtels bon marché, un fleuve éternel et une étape sur la route du Laos.

Fin d'après-midi au marché du centre-ville, on se faufile entre quelques bâtiments coloniaux décatis et les étals de rue où des papis, suffisamment vieux pour avoir connu l'école de la IVe République, sont ravis d'échanger quelques mots en français. Notre fils se promène parmi les scooters montés par cinq personnes, les anguilles vivantes dans les bassines, les insectes grillés, la viande suant sous le soleil ; dans la torpeur, l'odeur de chair et de poussière qui est celle de l'humanité depuis ses origines moins quelques décennies dans les pays riches, atmosphère nous rattachant à un réel qu'il me semble judicieux de connaître, nous qui avons la clim.

Si notre hébergement est modeste, il a le mérite d'être équipé de l'eau froide, un argument commercial décisif sous ces latitudes.

– Mouais, enfin, la guesthouse sans piscine et sans télé, c'est quand même un peu la crise, rouspète l'Enfant.

La Femme rétorque que nous sommes postés devant le plus beau des écrans, le Mékong en cinémascope, dont la lumière orange vaut toutes les lumières bleues. Elle sort les crayons de couleur du sac de l'Enfant et ils dessinent de concert, mandalas pour elle, guépards et sorcières pour lui. Une barge chargée de travailleurs traverse lentement le fleuve. Dès que le soleil s'éteint, une nuée de femmes en leggings fluorescents se réunit sur les berges pour pratiquer la zumba. Vingt minutes d'aérobic et de pulsations frénétiques qui tranchent avec la langueur diurne des lieux. Spectacle qui fait dériver mes pensées vers Véronique et Davina[1], sur Antenne 2 et sous la douche, avant que l'Enfant ne

1. NdlF : Qui se souvient de Véronique et Davina ?

me ramène au présent en me tirant par la manche. Oui, fils, il est magnifique ton dessin de fusée. Une mélopée familière jaillit soudain des enceintes pour m'installer dans la joie. Je note sur mon carnet : « Le bonheur, c'est simple comme un coucher de soleil sur le Mékong en écoutant Aya Nakamura. »

La quiétude de l'aube n'est troublée que par le clapotis des pagaies frottant l'écume. Sur nos kayaks, nous progressons entre les îlots sablonneux et les touffes de végétation dispersées au fil du fleuve, qui s'étend sur plus de deux kilomètres à cet endroit, loin de toute activité humaine. Des arbres géants aux racines aériennes se dressent dans la brume matinale, au beau milieu du Mékong. Forêt engloutie, féerie. Nous avons basculé dans un autre monde ; on ne serait pas surpris de voir débarquer une licorne. Des oiseaux traversent le fleuve en escadrille, au ras de l'eau et en file indienne, par milliers ; on ne peut pas appeler cela autrement qu'une autoroute de cormorans. Une heure d'effort et nous voilà sur l'autre rive. Notre fils a traversé le Mékong à la rame.

Nous sommes proches de l'objectif. Seront-ils là ?

Notre quête porte le nom d'*Orcaella brevirostris*, le dauphin de l'Irrawaddy en langage courant. C'est un cétacé d'eau douce semblable au beluga avec son front bombé et son rostre court. Menacé d'extinction, sans surprise, dégommé par les pesticides, le mercure et les filets qui ne lui sont pas destinés. Il a disparu de la partie laotienne du fleuve à cause de la pêche à la dynamite, qui ne fait pas dans le détail. Génocide de dauphins. Il n'en resterait que quatre-vingt-dix. Autant dire que c'est notre dernière chance d'en voir. Triste leçon d'histoire naturelle.

Bloub[1].

Ils sont deux. À cinquante mètres. Ils replongent. Approchons-nous à pagaie de loup. Des peaux grises affleurent à la surface. Ils sont quatre maintenant. À vingt mètres. *Regardez.* Sept. Dix. Nous sommes cernés, l'Enfant est éberlué, la Femme retient une larme de gratitude – le dauphin est son animal totem.

C'est un ballet de cétacés autour de nous, rythmé par les *bloub* signalant leur apparition. Ils batifolent, pas si farouches vis-à-vis de ces *Homo sapiens* qui ne leur ont pas fait que du bien. Nous dérivons en laissant aux dauphins le choix de venir nous saluer ou pas. Ils s'approchent. Nous glissons sur l'instant de grâce. Le temps ne s'écoule plus, à quoi bon ? Le spectacle de la nature répare celui de l'humanité.

Je ne pense à rien.

Je ne parle plus.

Silence sur le Mékong.

---

1. Il n'est pas si simple de reproduire à l'écrit le son produit par un dauphin de l'Irrawaddy du Mékong.

Épisode laotien, où l'on rajeunit sur le Mékong

– Sit down, aboie le militaire, lunettes noires et uniforme kaki, en posture d'intimidation derrière son guichet miteux.

J'ai bien envie de répliquer : *Non, on dit « Good morning, sit down please ».* Mais je crois que ça ne jouerait pas en ma faveur. L'aboyeur, en charge des formalités de sortie du territoire cambodgien, inspecte mon passeport d'un œil suspicieux (oui, je perçois la suspicion malgré l'opacité de ses lunettes).

– Right hand !

(Could you put your right hand on the scanner, please ?)

– Look the camera !

(Would you be so kind as to look <u>at</u> the camera ?)

– Two dollars !

– Two dollars for what ?

Ça, je le dis à voix haute.

– For the stamp.

C'est du racket, évidemment. Il n'est pas censé collecter deux dollars pour un tampon alors que je quitte le pays. Pour couronner le tout, le malotru ne dit pas merci. Cher douanier, je ne t'en veux pas de m'arnaquer, d'autant que j'étais prévenu (ce poste-frontière perdu dans la pampa est réputé pour être le royaume de l'entourloupe). Je sais que tu arrondis tes fins de mois de fonctionnaire sous-payé et que ces deux dollars ne pèsent pas sur mon budget. Je t'en veux de le faire brutalement, de prendre un plaisir malsain à exercer ton petit pouvoir de nuisance. Sache que ce texte te survivra et que, des années après ton passage sur Terre, des lecteurs connaîtront ta nature de sale type. Ton âme médiocre restera coincée pour l'éternité au purgatoire des blaireaux. C'est mon petit pouvoir de nuisance à moi.

Si on se laissait aller à des généralisations hâtives, on pourrait être tenté d'affirmer que tous les douaniers sont de ~~gros bâtards~~ fieffés gredins. Bien sûr, je ne m'abaisserai pas à formuler un propos aussi réducteur et essentialisant. Des douaniers, y en a des bien – d'ailleurs j'ai un ami douanier. Ils ne constituent toutefois pas la majorité du genre. Ça, je peux l'affirmer du point de vue de celui qui a franchi des centaines de frontières sur tous les continents.

Je pourrais raconter le douanier américain d'El Paso qui m'a demandé « Are you gay ? » quand je lui ai annoncé que je me rendais à San Francisco. Je pourrais raconter le douanier israélien qui m'a demandé « Are you Jew ? » en débarquant à Ben Gourion. Je pourrais raconter le douanier bahreïni qui m'a demandé « Are you a journalist ? » avant de m'interdire l'entrée du territoire. Je pourrais raconter les douaniers comoriens qui m'ont reconduit de force dans l'avion après trois heures d'interrogatoires vicieux, épisode mentionné dans le rapport 2021 du Département d'État américain sur les droits humains. Ça fait chic sur un CV de reporter, la ligne « expulsé manu militari d'une dictature » – même si je n'ai fait que me prendre un coup de pied au cul.

Je ne suis pas à plaindre car, bien que je sois tricard dans quelques autocraties susceptibles, mon passeport européen me donne accès sans difficulté à la plupart des territoires quand, faute de visas, tant d'autres se noient sur la route d'un hypothétique eldorado. « Tout bien considéré, il y a deux sortes d'hommes dans le monde : ceux qui restent chez eux, et les autres. » J'avais placé cette citation de Rudyard Kipling en exergue de mon premier roman. Je me permets d'étendre et d'actualiser le propos. Tout bien reconsidéré, il y a deux sortes d'humains dans le monde : ceux qui restent chez eux et les autres, ceux qui ont les moyens de sortir.

Le hippie tapi en moi rêve d'une société idéale où chacun serait libre d'aller et venir, où les frontières seraient abolies, où les douaniers seraient des créatures mythologiques effrayantes (des trolls, disons), un monde où l'homme serait un frère pour l'homme et pour la femme aussi, et si on ne parvient pas à se traiter en frères et en sœurs, on pourrait au moins se comporter comme des cousins, allez des cousins issus de germain par alliance, d'ailleurs nous sommes tous les descendants d'ancêtres communs venus d'Afrique, alors on pourrait faire un effort pour harmoniser ce grand banquet familial qu'est notre passage sur cette belle planète mais, ne nous berçons pas d'illusions, ce n'est pas près d'arriver, frère.

Nous venons de quitter le Cambodge, nous traînons nos valises et notre enfant entre deux pays sur un terrain poussiéreux, à midi, sous trente-neuf degrés. Il n'y a ni ville ni village autour de nous, juste deux guérites qui se font face dans les tréfonds ruraux de l'Indochine. L'Enfant est fasciné par le concept de no man's land. Oui fils, ici, ça n'appartient à personne.

Devant nous, le poste laotien. Je ne viens pas couvrir de manifestation, je n'ai aucune velléité d'enquête sur la corruption du pouvoir en place. Je ne suis qu'un gentil touriste qui vient dépenser son cash. Pourtant, à l'aune de mes expériences passées, un certain stress m'étreint. Je sais que Google peut me trahir. Mon nom, dans le moteur de recherche, est associé aux termes « écrivain » et

« journaliste », qui font tinter un signal d'alarme chez nos amis les douaniers dans les nombreux pays où l'État de droit n'est pas la norme.

L'officier dit bonjour et nous fournit les formulaires d'immigration, dans lesquels il faut remplir la case « race ». Il ne s'enquiert pas des raisons de notre venue et se contente de nous soulager de quarante dollars par personne pour l'obtention du visa. C'est le tarif, légèrement amendé. Au moment de me rendre mon passeport, il dit d'une voix douce : « It's two dollars for the stamp, please. » Voilà, lui au moins, il me vole poliment.

Une vache entre dans un restaurant. Ce n'est pas le début d'une blague, c'est une scène dont nous sommes témoins. La patronne la chasse d'une claque sur le postérieur en maugréant : « Elles viennent bouffer mes pastèques. » Deux jeunes Espagnoles trempent leur string dans le Mékong devant un Allemand à dreadlocks qui fait mine de les ignorer. Une fille de huit ans, cartable Mulan sur le dos, fait démarrer sa moto pour se rendre à l'école. Non fils, on ne t'achètera pas de moto pour aller en classe, ça ne marche pas comme ça en France.

Nous venons de débarquer à Si Phan Don, l'archipel des quatre mille îles, ce qui ne semble même pas exagéré. Le fleuve est si large que l'on ne distingue plus vraiment les îles du rivage. Tout n'est qu'eau, végétation et splendeur. C'est une longue galère pour arriver ici, raison pour laquelle cet endroit est précieux.

Don Det, petite île triangulaire, abrite un village traversé d'une unique rue où se succèdent guesthouses sur pilotis, restaurants et bureaux d'excursions proposant des *half-day kayak trips* ou des *sunset boat cruises.* Vie des habitants : les pères partent aux champs ou à la pêche avant le jour, les mères s'occupent des gargotes, les mamies tiennent les boutiques. On économise ses gestes, on existe lentement. Pas de voiture à Don Det, on se déplace en pirogue, à moto ou à vélo. Le village de pêcheurs originel s'est mué en village de backpackers, alimenté par un flux de jeunes Européens sac au dos drainés par la douceur de vivre, l'herbe en vente libre et la possibilité de se loger pour deux dollars la nuit (le prix d'un tampon à la frontière). Ce n'est pas une destination familiale. Il ne me faut pas longtemps pour constater que l'Enfant est le plus jeune touriste de l'île et que je suis le plus âgé – l'angoisse.

Notre nouveau bungalow, rustique, est doté d'une terrasse elle-même dotée d'un hamac se balançant sur le Mékong, compensant le fait que nous sommes parfois réveillés par une blatte gambadant sur le matelas. Je me lève avec l'aube, enfourche un vélo pour longer ce fleuve qui charrie une mythologie coloniale dans ses eaux descendues de l'Himalaya. ~~La vie de la rivière dégage une sérénité mystérieuse (bon sang, que cette phrase est nulle).~~ Je rejoins ma famille pour le petit-déjeuner, à l'issue duquel l'Enfant veut jouer à la pétanque – il y a un boulodrome, impeccable, juste derrière notre chambre. Nous lisons aux heures chaudes, enchevêtrés sur le grand lit formant un cocon de quiétude et d'amour. Nous explorons les environs aux heures ~~fraîches~~ moins chaudes.

Nous traversons le vieux pont français pour accéder à l'île voisine de Don Khone. Zigzaguons jusqu'à la cascade de Li Phi, qui n'a rien à envier aux chutes du Niagara. Perché au-dessus des flots bouillonnants, l'Enfant est saisi par la puissance dramatique des éléments. NE DÉPASSEZ PAS LA BARRIÈRE, intime un panneau soucieux de notre sécurité. Dommage qu'il n'y ait pas de barrière.

Plus loin, un écriteau signale une *swimming area* sur un méandre tranquille formant une mare parcourue d'une onde légère et s'achevant sur un petit rapide. Je vais m'y tremper avec l'Enfant pendant que la Femme va profiter de son temps calme au café du coin – nous avons pris l'habitude de nous ménager ces espaces de solitude au quotidien, dans un relais parental essentiel au maintien de la santé mentale collective.

L'Enfant batifole dans la vase, tente des ricochets, joue à Tarzan en se pendant aux lianes. Mon fils nage dans le Mékong, petit Mowgli épanoui.

– Je peux aller là-bas, vers le rapide ?

– Oui, tu peux, si tu tombes pas dedans.

Il a pied, l'eau est calme. En apparence.

– Papa, papaaaa ! panique soudain l'Enfant.

Il est entraîné par le courant. Je me précipite, le rattrape et l'agrippe. Me retrouve emporté moi aussi. Le rapide se rapproche. On ne va pas mourir. C'est un petit rapide, quelques gros cailloux, trois ou quatre mètres de remous, on a les mêmes dans l'Allier. Mais si nous basculons, nous serons des poupées sans contrôle sur nos corps, brinquebalés entre les rochers. On peut très bien s'exploser le crâne ou se briser un fémur. En trois secondes, nous sommes passés de « parfaite sérénité » à « nous sommes en danger ».

– Accroche-toi à moi.

Il entend « étrangle-moi » et serre mon cou avec la force qu'engendre la peur.

Le courant se fait de plus en plus puissant. Je freine des deux pieds, m'accroche aux branches qui pendouillent. Me cogne sur les pierres. Parvient à nous immobiliser juste au bord du rapide.

Se relever. Sortir de l'eau, avec un enfant pendu au cou et une bosse sur le genou.

– Pardon, papa, pardon, répète l'Enfant en se serrant contre moi (je sens son cœur battre vite et fort (à moins que ce ne soit le mien)).

Je ne sais pas trop pourquoi il s'excuse car c'est mon rôle de faire en sorte qu'il reste en vie. De retour au boui-boui où la Femme prend son café :

– Maman, on a failli mourir !
– Comment ça ?
– Il exagère.

Lové sur les genoux de sa mère, l'Enfant raconte que je lui ai sauvé la vie, narration excessive qui toutefois m'arrange dans la mesure où une partie de moi culpabilise d'avoir entraîné ma progéniture dans une situation périlleuse.

On trouve une deuxième cascade à Don Khone. Encore plus spectaculaire, paraît-il. Pour y accéder, il faut traverser un pont suspendu très haut au-dessus du fleuve déchaîné, et surmonté d'un écriteau NO ENTRY BRIDGE UNDER MAINTENANCE. C'est un étroit pont de cordes et de planches, où il manque deux planches sur trois. Un pont gruyère, parfait pour tourner un remake fauché d'*Indiana Jones*. Un faux pas et c'est la chute mortelle, sans aucun doute. De jeunes routards téméraires passent prudemment. Je ne traverserai pas ce pont avec mon enfant. Tant pis pour la jolie cascade. Une frayeur par jour, c'est suffisant.

Mis à part cette montée d'adrénaline, le temps s'écoule sans bruit aux quatre mille îles. Une semaine s'évapore dans une routine faite de balades, de baignades (en eaux calmes) et d'une grande variété de plats aux noms compliqués et immanquablement composés de riz et de poulet. Nous consacrons une part non négligeable de notre énergie à cette activité aujourd'hui oubliée en Occident : ne rien faire. S'asseoir autour d'un jus de fruits. Bavarder avec la patronne de la guest-house ou nos voisins de bungalow. Regarder le fleuve. Prendre des notes, si on a le courage.

La Femme écrit, beaucoup. Plus que moi. Je n'ai absolument pas le droit de me pencher sur son épaule pour avoir une idée du contenu de sa prose. J'imagine quelque chose comme : « Quelle chance d'être accompagnée d'un homme plein d'initiative qui m'entraîne dans des aventures palpitantes à la découverte de contrées exotiques tout en étant ce modèle de tendresse, d'humour et de bienveillance, dont le charme s'accroît avec les années. La vie à ses côtés est un chemin de plénitude pavé de pétales de roses. » Oui, ça doit être ça. Ou peut-être : « Je n'en peux plus. L'autre con a failli tuer mon fils avec son comportement irresponsable. La vie est une succession de journées d'un ennui profond dans le trou du cul du monde. Je suis accablée par la chaleur, les blattes et son humour lamentable. Pourquoi n'ai-je pas épousé un trader ? Qu'est-ce que je fais ici ? Au secours. »

L'Enfant, lui, semble s'être accommodé du rythme de notre équipée, alternance de mouvement et de stase, d'excitation et de contemplation. Le soir, au sortir du restaurant où nous avons dîné de poulet au riz assis en tailleur sur des paillasses, il l'affirme sous le clair de lune : « J'adore vivre. »

Une petite horde de jeunes gens, torse nu et verre en main, gigotent dans le Mékong, mi-immergés, mi-murgés, face au coucher de soleil. Nous nous sommes laissé tenter par la *sunset boat cruise*. Trente minutes en pirogue pour accéder à cet îlot idyllique transformé en *beach club* sauvage. Une enceinte crache du rap américain, une glacière fait office de buvette.

– Femme, on a vingt ans de plus qu'eux.

– Et alors ?

– Il faut faire bonne figure pour ne pas passer pour des croulants.

– Rentre le ventre.

L'Enfant, seul spécimen de son espèce dans cet environnement, est vite adopté comme mascotte par la foule, rôle qu'il adopte avec flegme en se faisant offrir un Coca. Nous optons quant à nous pour un Coca augmenté de rhum. Nous voilà mi-immergés, mi-murgés dans le fleuve éternel en gigotant sur les sons de Dr. Dre (du rap de vieux), abdos contractés pour tenter de faire illusion parmi la jeunesse.

Ils sont aimables, ces jouvenceaux. Ils fument, ils boivent, ils prennent l'avion. Loin des stéréotypes souvent accolés à leur génération, censée être hygiéniste, puritaine et écoparalysée. Vingtenaires des classes moyennes occidentales, ils voyagent pour trois sous, se la coulent douce et s'accouplent au gré des étapes. Ils découvrent d'autres univers loin de leurs bases, suivent les mêmes routes, prennent des vaches en photo et se tatouent pour ne pas oublier en rentrant chez eux (et dans le moule) qu'ils ont été libres pendant quelques mois. Je les envie un peu, même si, finalement, la Femme et moi dansons mieux qu'eux. (J'affirme évidemment ceci sous l'effet de l'alcool qui dérègle mes perceptions.)

Ces jeunes travellers, j'étais à leur place vingt ans plus tôt, seul avec mon sac à dos et sans le wi-fi. Je mesure la chance que j'ai eue de bourlinguer avant qu'Internet n'enveloppe la planète. Pas de Google Maps, pas de Booking, pas de Tripadvisor. Je voyageais à tâtons. Il fallait trouver un cybercafé (vous vous souvenez ?) pour envoyer un mail. Je ne savais pas quand j'arrivais ni où je dormais. Je perdais du temps, je me perdais et c'était bien. Dans l'immédiat, je commence à avoir du mal à respirer, à force de contracter les abdos.

Retour en barque dans le crépuscule, assis sur la proue, l'Enfant entre mes jambes. Mes orteils frôlent la surface de l'eau et je suis traversé par cette pensée presque dérangeante : *Je crois que je n'ai jamais été aussi heureux*. Ça ne m'arrange pas forcément, sur le plan de l'écriture. On ne peut pas déverser sa plénitude pendant trois cents pages, c'est malpoli. Le bonheur n'est pas recommandé en littérature. Heureusement, il ne dure jamais bien longtemps.

Je savoure cet instant car je sais qu'il ne se reproduira pas. Le futur de ces quatre mille îles semble écrit d'avance. Si l'industrie lourde n'a pas encore galvaudé les lieux, cela ne saurait tarder. La guesthouse familiale reste la norme mais des hôtels de quatre étages sont en construction. On imprime déjà des T-shirts *Been there, Don Det.* J'ai vu passer des jet-skis. Un jour, la route sera meilleure, les tour-operators débarqueront et les routards changeront d'île pour laisser la place aux autocars du tourisme canalisé. Dans dix ans, notre fils sera adulte et la Don Det d'aujourd'hui aura disparu. Le Mékong, lui, n'aura pas bougé. Il en a vu d'autres.

Nous passons notre dernière soirée sur l'île dans un établissement dont le nom tient lieu de programme. Le Reggae Bar est une bicoque ouverte sur le fleuve qu'une équipe de gentils rastas blancs fait tourner avec une efficacité étonnante quand on sait le taux de THC circulant dans leur organisme. On y vend des bières et de la beuh au comptoir, sur lequel trône une balance – les bons comptes font les bons amis. La musique est adaptée (un règlement interne interdit de diffuser autre chose que Bob Marley), les pizzas savoureuses et une slackline traverse la pièce à cinquante centimètres du sol. Cette corde de funambule, prisée de la grande internationale des babos, aimante l'Enfant qui affectionne les défis physiques

– c'est de son âge, il évalue ses capacités et les limites de son corps sur l'espace. Ce n'est pas facile, la slackline. Marcher sur ce fil, ne serait-ce que quelques mètres, nécessite de longues heures de pratique.

L'Enfant monte et tombe et monte et tombe.

Un jeune Français, torse nu et tatoué (on peut lire sur son dos : *Ne grandissez pas, c'est une arnaque*), s'approche de notre fils pour lui dispenser quelques conseils.

Respire.

Focalise.

Regarde l'horizon (je ne peux que souscrire).

L'Enfant monte et tombe et monte et tombe, sans s'agacer.

La persévérance de ce gosse me laisse pantois. Si seulement il était aussi motivé pour faire ses devoirs.

– On n'est pas censés faire l'école à notre fils ? Je veux dire : plutôt que de le traîner dans le point de deal officiel du village.

– On n'a qu'à dire qu'il est en train de faire son cours de sport.

– Bien vu. Ça fait partie du programme, après tout.

L'Enfant monte et tombe et monte et traverse la pièce en marchant sur le fil.

Ce que j'aimerais avoir neuf ans pour apprendre aussi vite.

Je dégaine mon téléphone pour capturer la victoire, figer cette joie fugace.

Je le sais : je filme trop pour quelqu'un qui professe l'attention à l'instant présent. Peux pas m'empêcher. Il doit y avoir une part de pensée magique dans ce rapport à l'archivage. Comme si fixer une image du bonheur fixait le bonheur. Encapsuler le moment, l'enfermer à double tour sous des millions de pixels et le garder sous la main, au cas où.

Il n'existe aucune vidéo de mon enfance, cette époque où on ne se baladait pas avec une caméra dans la poche. J'ai des photos, je connais ma bouille à neuf ans. Je ne sais rien de mes expressions, de ma voix, de ma façon de bouger à l'école primaire. Mon enfance est un continent qui dérive au loin, irrémédiable tectonique des âges. Une terre heureuse vers laquelle je ne me suis jamais trop retourné, parce que l'avenir me tendait les bras et que je ne jugeais pas pertinent de m'éparpiller dans la nostalgie. Mais je vieillis et j'ai désormais plus de passé que d'avenir. Des sensations d'enfance se réactivent au contact du fils. Des souvenirs cornés par le temps rejaillissent sans crier gare, alors qu'on n'avait rien demandé. On les réinterprète, filtrés par le nuage de la mémoire, cette belle traîtresse. L'Enfance de mon fils, elle, est sanctuarisée dans le cloud. Il pourra se voir grandir, si ça l'intéresse.

La Femme dispose d'une seule photo d'elle avant ses deux ans. C'est le portrait d'identité de son dossier d'adoption. Une petite trogne derrière une pancarte indiquant sa date et son nom de naissance. Une toute petite fille qui ne sait ni d'où elle vient ni où elle va, ignore qu'elle va changer d'état civil pour grandir sur un autre continent, très loin de ceux qui l'ont mise au monde. La Femme connaît ensuite l'existence banale d'une gamine française d'une ville moyenne dans les années 1980. Il lui manque juste une pièce du puzzle de son enfance, la première.

– Dis-moi, tu voudrais aller dans quel pays après ?

– Qu'est-ce que tu proposes ? répond la Femme.

– On pourrait regarder les billets pour la Corée ?

– Peut-être.

– On n'est qu'à six heures de vol.

– Oui, et les températures seront plus clémentes.

« Il fait chaud. » C'est la phrase que nous prononçons le plus souvent depuis le début de nos pérégrinations. D'un ton excédé, la plupart du temps. Il ne fait pas chaud, il fait trop chaud. Une canicule qui altère les journées, contraint à s'adapter, fait renoncer à des projets. Ce n'est pas seulement un point de vue d'Européens habitués aux climats tempérés. Même la presse française titre sur la fournaise en Asie. Des records de températures ont été enregistrés ces derniers jours dans la région, jusqu'à quarante-cinq degrés.

Le changement climatique gâche notre voyage. Notre voyage contribue au réchauffement. Dissonance cognitive, bonjour. Comment l'Enfant considérera-t-il cette aventure quand il sera un jeune adulte et que la situation environnementale se sera aggravée ? J'aime à penser qu'il se dira « quelle chance d'avoir eu des parents qui m'ont emmené à la rencontre du monde, de ses splendeurs et de sa diversité, élargissant mes horizons pour faire de moi l'homme conscient, ouvert et épanoui que je suis aujourd'hui ». Il existe néanmoins une possibilité que ce soit plutôt « mon père m'a entraîné dans son entreprise criminelle de destruction de la planète, me forçant à prendre des avions sans s'assurer de mon consentement éclairé, faisant de moi un complice de l'écocide en cours ».

Je vous propose de faire mon procès tout de suite, comme ça on sera débarrassé.

– Accusé, levez-vous, déclinez votre identité et votre profession.

– Blanc-Gras Julien. Je suis écrivain.

Puis, baissant la tête :

– Écrivain voyageur.

Murmures outrés dans la salle d'audience.

L'avocat général, cette fouine, attaque bille en tête.

– Écrivain voyageur, tiens donc. Alors comme ça, on a passé sa vie à prendre des avions ?

– Pas tant que ça. Beaucoup moins que d'autres.

– Pourtant au début de ce chapitre, vous affirmez, je vous cite, avoir « franchi des centaines de frontières ». On se vante, en plus.

– Attention, je n'ai pas franchi chaque frontière en avion. Par exemple, quand je me rends en Suisse ou en Belgique, je prends le train.

– Et au Congo ? Au Chili ? Au Laos, vous y êtes allé à vélo ?

Ricanements dans l'assistance.

– Je fais des efforts de sobriété, vous savez. J'ai tenté de faire le tour du monde en train pour équilibrer mon karma carbone et montrer le bon exemple. J'avais vendu le projet à mon éditeur. Puis il y a eu le covid et la guerre en Ukraine. Impossible de traverser la Chine et la Russie. Comment voulez-vous que je voyage écologiquement si Poutine et Xi Jinping conspirent pour m'en empêcher ?

L'avocat général, ce vicieux :

– Il suffirait de ne pas voyager.

– Mais c'est mon métier !

– Vous irez raconter ça à vos petits-enfants qui vivront sous cinquante degrés.

L'assistance approuve, il faut que je contre-attaque :

– Je tiens à rappeler que la crise environnementale est un thème qui traverse la plupart de mes livres. J'ai consacré un ouvrage aux îles Kiribati, menacées de submersion par la montée des eaux. J'ai payé de ma personne pour documenter la face humaine du changement climatique, à l'époque où le sujet n'était pas à la mode. Je peux affirmer que j'ai participé à la prise de conscience, alors je n'ai pas de leçon à recevoir de ronds-de-cuir qui ne font qu'exposer leur vertu en restant le cul collé sur leur fauteuil.

Mon avocat grimace pour me faire signe de me calmer.

Soudain, confusion et chahut dans la salle. Une militante aux seins nus peints en vert surgit munie d'une pancarte BALANCE TON AÉROPORT.

– Évacuez cette personne, s'étrangle la présidente. On n'est pas au cirque !

L'activiste se met à scander « Voyageur, violeur de la planète » avant d'être ceinturée par la sécurité.

Le calme revient, j'enchaîne :

– Si je voyage, c'est avant tout par goût pour l'altérité, pour montrer que ce qui relie les humains est plus fort que ce qui les sépare. Pour valoriser l'esprit de tolérance dans une époque qui en manque tant. Parce que chaque étape nous enseigne la nuance, cette notion qui hélas n'a plus vraiment le vent en poupe.

– On les connaît, vos éléments de langage humanistes. Rhétorique de boomer. Il suffit d'aller sur Internet pour connaître l'autre.

– C'est faux, les réseaux sociaux ne produisent que du clivage et du ressentiment. Le voyage est l'antidote à l'épidémie de narcissisme qui ravage nos intimités et conduit à la guerre de tous contre tous. Sortez de chez vous ! Je rappelle que le streaming génère plus de gaz à effet de serre que le transport aérien. Blâmez Netflix et arrêtez de me saouler parce que je prends l'avion trois fois par an.

Mon avocat fait non, non, non de la tête.

– Bien, nous allons passer à la délibération. Accusé, avez-vous un mot à ajouter ?

– Oui. J'ai calculé mon empreinte carbone, elle n'est pas si terrible que ça. Je n'ai pas de voiture, je roule à vélo, je mange moins de viande, j'ai un lombricomposteur sur mon balcon et je fusille tous les gens qui possèdent plus de deux pantalons. Je suis un bon bobo, madame la présidente. Je peux vous le prouver, regardez, j'ai les factures de mes paniers bio à l'Amap.

– Et donc ?

– Donc je plaide coupable mais pas trop.

Je me tourne vers mon avocat.

– J'étais bien, là, non ?

– Oui, enfin, on va attendre le verdict.

Qui tombe une minute plus tard :

– Le tribunal vous a reconnu coupable de complicité d'apocalypse avec préméditation. Vous êtes déchu de vos droits littéraires et condamné à rester chez vous.

– Vous ne pouvez pas me faire ça.
– Il fallait y penser avant, monsieur Blanc-Gras.
– Qu'est-ce que tu marmonnes ?
– Quoi ?
– Tu parles tout seul, ça m'empêche de dormir.
– C'est rien, mon amour, rendors-toi, j'écris un chapitre dans ma tête.

La température est redescendue à trente-deux degrés, nous avons rudement bien fait de grimper jusqu'ici, sur le plateau des Bolovens. La région est courue pour ses cascades spectaculaires et ses plantations de café, que les Français ont importé au début du XXe siècle. Le tuk-tuk collectif nous dépose à mille mètres d'altitude devant l'hôtel Sabaidee, planté au bord de la route au milieu de nulle part – la ville de Paksong se trouve à une dizaine de kilomètres. Trois jeunes femmes nous accueillent. Je les salue d'un enthousiaste « sabaidee » (« bonjour »), elles s'inclinent pour répondre et nous font signe de passer. Nous les suivons jusqu'à notre bungalow, où elles nous prient d'entrer, s'inclinent de nouveau avec un sourire timide et s'éclipsent, c'est étrange, sans prononcer le moindre mot.

Il nous tarde d'arpenter la région en profitant de la fraîcheur. Il nous faut un moyen de transport ; nous allons louer une moto. Il doit suffire de demander à l'accueil, un des employés sera sûrement ravi de gagner un petit billet en me confiant son deux-roues pour la journée. Je pose la question au trio de jeunes femmes de la réception, qui se regardent sans me répondre. La plus courageuse me tend son téléphone en appuyant sur l'icône Google Traduction. D'accord, elles ne parlent pas anglais.

Je tape : « Can I rent a motorbike ? » (« ຂ້ອຍສາມາດເຊົ່າລົດຈັກໄດ້ບໍ? », en laotien). Mon interlocutrice pianote à son tour et me montre l'écran : « No, sorry. »

Bien. Je ne suis pas tombé sur les plus débrouillardes. Changeons de stratégie.

En face de l'hôtel, de l'autre côté de la route, se trouve un petit poste de police. Je traverse, me dirige d'un pas bonhomme vers le groupe de flics attablés autour de leurs gamelles. Ils me regardent approcher avec circonspection, *qu'est-ce qu'il nous veut celui-là*. Pas de panique les gars, vous voyez bien que je suis inoffensif.

– Sabaidee, do you know where I can rent a motorbike ?

Celui qui semble être le chef secoue la tête en détournant le regard et appuie son refus d'un geste de la main m'invitant à leur foutre la paix.

Bien. Quelque chose m'échappe. Je ne connais pas encore suffisamment les coutumes laotiennes. Peut-être est-il impoli de s'enquérir des locations de moto dans les parages ? Ai-je transgressé un tabou ? Offensé par mégarde une tradition animiste ancestrale, réveillant par là même le courroux d'une divinité vengeresse ? (On raconte qu'un anthropologue anglais de la fin du XIXe siècle aurait mentionné, peu avant de disparaître mystérieusement, une prophétie oubliée des Bolovens, transmise de génération en génération par une confrérie d'initiés. *Un jour, un étranger à la peau claire vêtu d'un pantalon trop court gravira le plateau pour s'emparer d'une monture mécanique au bruit de tonnerre. Ceux qui l'aideront dans sa quête causeront le malheur de leur peuple, des pluies de porcelets hurlants s'abattront sur les champs et des armées de douaniers se déverseront sur les villages pour égorger vos fils et vos compagnes, plongeant la région dans un âge de ténèbres.*) À ce compte-là, d'accord, je veux bien comprendre qu'on rechigne à me prêter main-forte.

Oublions la moto et voyons s'il est possible de dégoter un taxi, un bus ou un tuk-tuk.

Je reviens à l'accueil, sous l'œil navré d'une réceptionniste, *c'est pas vrai il revient encore nous emmerder.*

– Sabaidee again. Heu, taxi ?

Elle tourne les talons. Part sans un mot.

D'accord, j'ai compris. C'est un établissement qui emploie uniquement des sourds-muets, dans le cadre d'un programme de développement du tourisme durable et inclusif financé par la Banque mondiale et une ONG norvégienne, quelque chose dans ce genre.

Une autre femme, plus âgée, vient à ma rencontre. Ce doit être la patronne et, miracle, elle parle :

– Sabaidee.

– Sabaidee ! Can I find a taxi around here ?

Elle me tend son téléphone.

Évaluons les effets pervers de cet outil génial qu'est Google Traduction. Sans cette appli, ces femmes auraient appris les quelques mots d'anglais indispensables à la survie en milieu touristique. Déléguer à la machine en toutes circonstances pour pallier nos inaptitudes humaines nous rend dépendants et flemmards.

J'écris : « Taxi. How much ? »

Elle observe l'écran en hochant la tête. Repart dans son bureau (sans un mot). Revient une minute plus tard. L'espoir renaît. Elle me tend son téléphone, sur lequel est écrit : « Sorry, I don't understand. »

Comment est-ce possible ? Taxi est le mot le plus universel qui soit. Je commence à m'arracher les cheveux avant de me souvenir qu'à mon âge, il vaut mieux préserver son capital capillaire.

Ne pas lâcher l'affaire. S'adapter au contexte. Être créatif.

Je me lance dans un exercice risqué, celui du touriste qui mime une voiture. Je zigzague dans la réception en faisant *vroum vroum*. J'enchaîne avec la moto (toujours *vroum vroum*, mais avec le poignet qui tourne la manette des gaz). Je pensais qu'à défaut de me faire comprendre, je les ferais un peu rigoler. Tout ce que je perçois dans leur regard, c'est un voile d'inquiétude. Peut-être est-il précisé dans la prophétie que l'étranger annonciateur des temps maudits procéderait à une danse rituelle cheloue avant de catapulter ses porcelets couinants ?

La patronne glisse une phrase à l'oreille de son employée, sans doute : « Va vite chercher la batte de base-ball, ce client a perdu la raison, il est peut-être dangereux. »

Je me suis assez ridiculisé, je décide de passer directement au cinquième stade du deuil, l'acceptation. Tant pis, on va rester à l'hôtel. Je quitte la réception en lançant, en français : « Allez, c'est pas grave les filles, laissez tomber », non sans espérer secrètement qu'elles me répondent : « Mais t'inquiète on va te la trouver ta moto, frère », car il s'agirait en fait d'une caméra cachée.

Je suis, parfois, trop optimiste.

Je reviens au bungalow pour informer ma famille de mon échec et du programme de la journée. Pas de cascade, on va lire tranquillement sur la terrasse. On fera un peu d'école, on en profitera pour raconter à l'Enfant l'histoire de la tour de Babel.

Au-delà du sketch, cette situation me renvoie à un sujet qui me titille depuis notre départ. On ne se mélange pas assez. Quand je voyage seul, je n'ai que ça à faire : me lier. C'est pour ça que je pars.

Voyager à plusieurs, en famille, c'est former une bulle. Une bulle dont il n'est pas si simple de s'extraire et que les autres ne vont pas chercher à percer. Nous sommes une microsociété de trois personnes, on ne vient pas spontanément vers nous. Et on se couche tôt, quand on voyage avec un enfant. On est exclus des rencontres de la nuit, celles qui tissent des liens rapides. On échange bien quelques considérations avec les commerçants. On converse comme on peut avec les taxis – quand on en trouve. Le dialogue reste le plus souvent éphémère et limité, faute de profondeur linguistique commune.

Pour nous exfiltrer de l'hôtel Sabaidee, j'ai dû envoyer un message au propriétaire d'une guesthouse de la ville suivante, qui m'a fourni le numéro d'un de ses amis muni d'une voiture. J'ai dit au revoir aux filles de la réception en montant dans le véhicule. Elles m'ont répondu d'un signe de la main, qui exprimait tout le soulagement du monde.

Cap au nord. Nous avons un fleuve à remonter. Le chauffeur nous dépose à la gare routière d'un patelin anonyme. Une mamie s'active autour du tuk-tuk collectif dans lequel nous prenons place. Elle porte une cagoule, une casquette à visière, des manches longues et des mitaines, parades contre les rayons du soleil qui lui donnent des airs d'apicultrice. Elle marche à petits pas, enchaînant les allers-retours entre une boutique et le véhicule pour charger un gros stock de galettes de pain, galettes qu'elle revendra dans son village avec une plus-value minuscule. Elle est septuagénaire, elle travaille pour survivre.

Une fois son chargement terminé, elle nous dévisage, la Femme, l'Enfant et moi, pour nous offrir un large sourire édenté illuminant son visage parcheminé. Cette femme n'a sans doute jamais quitté le Laos (rappelons que la majorité des habitants de notre planète n'ont pas l'occasion de s'éloigner de leur lieu de naissance), son existence a coïncidé avec des décennies atroces (la vie n'est pas un long fleuve tranquille au bord du Mékong, on y reviendra), elle ne parle pas plus anglais que moi laotien et elle tend une de ses galettes à l'Enfant, qui l'accepte volontiers. Mamie rogne sur sa petite marge pour souhaiter la bienvenue à des inconnus. C'est dérisoire, c'est poignant. L'Enfant reçoit un message avec cette galette. *Une personne que je ne connais pas, à l'autre bout du monde, me veut du bien sans rien attendre en retour.* Elle manifeste ce principe d'hospitalité qu'on retrouve sous toutes les latitudes, qui a toujours existé et qui résiste aux déchirures de notre époque.

Le voyageur « vit d'instants volés, de reflets, de menus présents, d'aubaines et de miettes », écrit Nicolas Bouvier dans sa *Chronique japonaise*. Ces miettes offertes par la vieille ont pour effet d'annihiler tous mes élans sarcastiques pour me plonger dans un état de gratitude, voire de mièvrerie, que je n'atteins jamais en France. Merci mamie, tu m'as lavé de mon ironie, au moins pour une journée. Merci pour ce geste sans frontières, sans langage et sans âge. Sache que ce texte te survivra et que, des années après ton passage sur Terre, des lecteurs connaîtront ta nature de chic fille. Ton âme généreuse flottera dans un nirvana de papier, au chapitre des personnages aimables. C'est mon petit pouvoir de bienfaisance à moi.

Épisode toujours laotien, où l'on s'engouffre dans les entrailles de la Terre

Nous sommes partis d'une bourgade endormie sur les rives du Mékong, où j'ai passé une nuit d'insomnie à chercher sans succès un jeu de mots avec le nom de la ville, Thakhek. Nous roulons maintenant vers les hauteurs de la chaîne annamitique, l'épine dorsale séparant le Laos du Vietnam. On s'habitue vite à ces bus sortis de l'usine dans les années 1970, à la climatisation aléatoire et à l'hygiène douteuse, qui s'arrêtent dès que quelqu'un lève le bras et mettent une demi-journée pour parcourir cent cinquante kilomètres. Celui-ci bat des records. On frôle les dix kilomètres-heure dans les montées gravillonneuses et, à vrai dire, on a parfois l'impression de reculer.

L'Enfant endure les heures d'inconfort sans râler. Il faut préciser que la Femme et moi nous démenons pour l'occuper. Le ni oui ni non me donnant vite envie de me précipiter dans un ravin, nous improvisons des jeux éducatifs ou des quiz piochant dans les matières scolaires. Chaque bonne réponse est récompensée par une minute de temps d'écran à l'arrivée, méthode qui doit aller à l'encontre de l'orthodoxie pédagogique du moment mais qui présente le mérite de tromper l'ennui.

Combien font 7 × 9 ?

Épelle « labyrinthe ».

Quelle est la capitale du sultanat de Brunei ?

Quand il répond du tac au tac « Bandar Seri Begawan », je sais que j'ai fait du bon boulot de transmission de ma névrose géographique – appelez les services sociaux, je plaide coupable, encore.

L'avantage de la lenteur, c'est qu'elle permet de s'attarder sur le décor et, ainsi, de suivre le cours de géo projeté derrière la vitre. On longe des montagnes calcaires déchirées par des carrières, on s'enfonce dans les vallées rizicoles jaunies par la saison sèche, on traverse les forêts de conifères et les forêts de plus rien du tout, vastes zones dévastées par les cultures sur brûlis et le braconnage sylvestre, comme si la région avait été balayée par une tempête d'apocalypse.

C'est d'ailleurs ce qui s'est passé, un demi-siècle plus tôt. Passons au cours d'histoire. Le Laos, c'est peu connu, postule au titre de pays le plus bombardé du monde. La « guerre secrète » que les États-Unis y mènent entre 1963 et 1975, extension du conflit vietnamien visant à couper la piste Hô Chi Minh, emporte quelques centaines de milliers de vies laotiennes. Chaque largage de bombes à sous-munitions arrose la surface de trois terrains de football. Cinquante ans plus tard, tout l'Est rural du pays reste vérolé par des engins non explosés de la taille d'une balle de tennis. Tout ça pour rien, les Américains ont perdu la guerre.

Le drapeau rouge frappé de la faucille et du marteau flotte dans les villages. Victoire du communisme. Une équipe de déminage s'active dans un fossé en bord de route, combinaisons grises et détecteurs de métaux en main. Un passager du bus nous explique : c'est une entreprise américaine qui est chargée de désamorcer les bombes américaines. Victoire du capitalisme. J'ai briefé l'Enfant : quand on se promène à la campagne au Laos, on ne sort pas des sentiers battus, au sens littéral du terme. Je préfère que mon fils rentre avec toutes ses jambes.

– Ça n'existe nulle part ailleurs en Asie, un endroit comme ça. Ça n'existe plus. Ailleurs, le développement a tout galvaudé. Ici, c'est unique.

Markus nous garantit que nous sommes bien sortis des sentiers battus, au sens touristique du terme. Ce grand Hollandais, quinquagénaire, dégarni et dégingandé, a monté son écolodge au bout de la piste. J'ignore par quelles circonstances du destin il a atterri là mais il vante son paradis avec un débit de mitraillette et une conviction non dénuée de tics nerveux. Un coup d'œil aux alentours et on a envie de le croire. C'est un trou de verdure où chante une rivière qui coule depuis le crétacé, au bas mot. Un recoin idyllique niché entre des éminences karstiques hérissées de végétation. Nous prenons possession de notre chambre, ambiancée par les rires des enfants du village barbotant dans l'eau, loin du XXIe siècle. Tout le nécessaire, rien de superflu. Je note dans mon carnet : « Aurions-nous achevé notre quête du bungalow ultime ? » L'Enfant saute sur le matelas et s'enferme dans la moustiquaire pour faire du lit une aire de jeux, un terrain d'aventures, un vaisseau voguant vers les contreforts de son imaginaire. Comme pendant le confinement, durant lequel il adorait construire des cabanes. Un drap, trois coussins de canapé, quatre pinces à linge et il se constituait sa forteresse textile, rassurante et utérine, le protégeant de la situation extérieure anxiogène.

On a vu, ces dernières années, émerger en librairie une littérature de la cabane, du chez-soi protecteur, du repli intime qui n'est pas ma tasse de thé vert quand il ne traduit qu'un repli sur soi ou une méfiance vis-à-vis de l'altérité. S'enfermer dans sa grotte pour se complaire dans le ressassement identitaire, très peu pour moi. La cabane peut vite se transformer en bunker, et le grincement des pantoufles peut être aussi délétère que le bruit des bottes.

Notre bungalow idéal est à la fois un refuge et une rampe de lancement. C'est l'habitat des nomades, la yourte ou le tipi, que l'on érige à chaque étape, qui s'ouvre sur les grands espaces, la nature et les autres. C'est une oasis, une zone protégée, où l'on est chez soi tout en étant ailleurs.

La nuit est bercée par le concert des insectes. Le réveil est offert par celui des oiseaux. Dès l'aube, on s'embarque à contre-courant sur la rivière, enveloppés dans l'écrin fertile d'un relief de carte postale. La pirogue glisse sur l'Éden aquatique, miroir reflétant le bétail impassible venu s'abreuver sur les rives luxuriantes. Une libellule se pose dans la chevelure de la Femme. Ma main traîne dans l'écume, je regarde le ciel et remonte vers le début des temps. C'est *Jurassic Park* avec des buffles.

À l'arrivée, il y a une grotte. Pas n'importe laquelle : la plus longue caverne navigable du monde. Un batelier mutique nous entraîne dans les entrailles de la Terre. La température chute de vingt degrés, j'en frissonne de joie. Nous passons de la lumière totale des tropiques à l'obscurité profonde, à peine déflorée par le faisceau de nos lampes frontales. Seuls, nous nous enfonçons sous une montagne, accompagnés par le clapotis du courant. Claustrophobes s'abstenir. Sous nos yeux : enchevêtrements de stalactites et mites, colonnes torsadées, draperies façonnées par des milliards de secondes d'écoulement de l'eau qui, goutte à goutte, ne se presse pas pour engendrer ses chefs-d'œuvre. La hauteur sous plafond peut atteindre les cent mètres, c'est une cathédrale sans vitraux, le royaume des chauves-souris. « On se croirait sur la Lune », estime notre fils, qui n'est jamais allé dans l'espace. Si nous ne sommes pas passés de la Terre à la Lune, on se rapproche d'un voyage au centre de la Terre ; en tout cas on est chez Jules Verne.

– Jules Caverne, rebondit l'Enfant, auquel j'ai également transmis mon amour du calembour désespérant.

Ça dure sept kilomètres, avant qu'un halo de photons ne signale la sortie du tunnel, où un village nous attend. Longtemps autarcique, celui-ci n'était accessible qu'à pied, en franchissant plusieurs cols. Ses habitants ignoraient que la rivière traversait la montagne pour relier les deux vallées. Jusqu'au jour où on a aperçu des poules domestiques sortir de la grotte, au début du XXe siècle. Quelques courageux munis de torches de fortune ont alors tenté l'expédition pour ouvrir la voie dans les ténèbres ruisselantes. Plus tard, la caverne a servi de protection contre les bombardements. L'Enfant résumera ainsi l'excursion dans le journal de bord destiné à ses camarades de classe : « Aujourd'hui, j'ai traversé l'intérieur d'une montagne et de l'autre côté, il y avait un village. C'est très incroyable. »

Soudain, la Femme éclate d'un rire stupéfait et m'interpelle pour me montrer quelque chose. *Viens voir.* Ici, sous le 17e parallèle, dans ce qui ressemble au fantasme d'un monde perdu, un logo familier s'étale sur un panneau d'information. C'est un autocollant à vocation promotionnelle. Il y est écrit « Visitez la vallée du Champsaur ». Le Champsaur, je connais. J'ai grandi avec ses sommets en ligne de mire depuis la fenêtre de ma chambre d'enfant, dans les Hautes-Alpes, à 9 387 kilomètres de là. C'est le berceau de ma famille paternelle. On n'échappe pas à ses origines.

En dépit de cette présence attestée de visiteurs français dans les environs, Markus nous l'affirme : ce tourisme est vertueux. Il apporte une manne aux villageois sans dénaturer l'environnement, car les flux sont raisonnables grâce à la difficulté d'accès au site. Non, le vrai problème, selon Markus, c'est les Chinois. Ils incitent les paysans à produire du manioc pour spéculer sur les stocks, au détriment de leurs cultures habituelles, ce qui accélère la déforestation de la région. Puis, sans qu'on comprenne vraiment pourquoi, Markus bifurque sur le covid. L'économie laotienne a été brisée par les confinements. Les pauvres ont perdu leur job. Les plus éduqués sont partis travailler en Thaïlande, pays voisin plus prospère.

– C'est très difficile de trouver du personnel qualifié. Vous avez peut-être remarqué qu'on ne parle pas bien anglais dans les hôtels. Ils sont déboussolés à la moindre question.

Le mystère de l'hôtel muet est enfin éclairci.

Markus, qui est bavard, ne s'arrête pas en si bon chemin : non, le vrai problème c'est la clique au pouvoir qui s'est enrichie sur le business des tests PCR en détournant les aides internationales. « De toute façon, c'est une immense arnaque, cette histoire de pandémie. »

J'ai fini mon omelette mais Markus se montre intarissable. Comme je ne suis pas venu au fin fond du Laos pour me retrouver coincé au café du commerce, je rentre au bungalow faire un tour sur Internet, ce qui revient à entrer dans un autre café du commerce. Ce n'est pas que je meure d'envie de me plonger dans le tourbillon de l'actualité mais un de mes livres est sorti en poche quelques jours plus tôt, il faut tout de même que je prévienne l'humanité. J'ouvre donc mes réseaux sociaux.

Tiens, la Femme a publié une story avec des photos de la virée du jour sur la rivière. Légende : « C'est *Jurassic Park* avec des buffles. » Plagiat éhonté. La mère de mon fils me vole mes phrases, on n'est jamais trahi que par les siens. En mesure de rétorsion, je me rue vers ses trousses de toilette pour m'offrir une orgie de beurre de karité. Ça lui apprendra à respecter le droit de la propriété intellectuelle. Sous le post de la Femme, quelqu'un a commenté : « Mais vous allez jamais rentrer, en fait. » Posé dans mon hamac, peau hydratée et téléphone en main, je fais défiler la grande conversation numérique qui, effectivement, ne donne pas très envie de revenir à la civilisation. Quoi de neuf ? Tragédies ordinaires, exhibitionnismes de saison et polémiques à la con. Opinions radicalisées, polarisées, tribalisées. Chacun son réel. La nuance est asphyxiée sous les algorithmes et l'envie d'en découdre emporte tout sur son passage. La colère déferle sur mon paradis.

Un oiseau multicolore se pose sur le hamac ; je ne connais pas son nom.

Encore un attentat.

L'oiseau guette une libellule. Est-ce la même qui ce matin décorait les cheveux de la femme que j'aime ?

Encore des manifestations qui dégénèrent.

Sauve-toi, petite libellule.

Des amis se sont fait gazer par les forces de l'ordre.

L'oiseau s'envole, flamboyant.

Ils militent pour une cause ; je suis allongé au bord de la rivière.

La libellule se fait croquer.

Peut-être que je devrais culpabiliser.

Peut-être pas.

Je ne manifeste que mes doutes. Je les chéris. Je compte sur eux pour ne pas sombrer dans la furie péremptoire. Je fais l'effort d'hésiter, c'est mon hygiène intellectuelle. Faut-il pour autant adopter la posture du sage retiré sur la colline, qui embrasse le monde comme il se présente et se vide de ses désirs pour regarder passer les nuages ? « C'est le secret, celui de toute clairvoyance. Être éveillé et suprêmement détaché », formule Henri Michaux, qui s'y connaît en voyages asiatiques. Un ermitage à la Thoreau, à distance des passions, une désobéissance tranquille qui ne nuit à personne. L'ascétisme, au risque de s'effacer dans un surplomb taiseux – forme élevée de narcissisme. En langage contemporain, cela pourrait se traduire par « allez tous vous faire foutre, les rageux, je me casse au soleil ». « Ciao les boloss », dirait l'Enfant.

Je ne suis pas prêt pour ça. Dans la cabane de Thoreau, on ne nuit pas mais on s'ennuie. Le sage immobile n'est sage que pour lui-même et on ne me fera pas croire que Bouddha n'a pas trouvé le temps longuet sous son banian en attendant l'illumination. Derrière ma placidité de buffle, je bouillonne de désirs qui me meuvent et me maintiennent en éveil. Ma libido de voyages, de savoirs et d'expériences est loin d'être tarie. Je veux conserver la possibilité de changer de peau et ce n'est pas si facile, avec la cinquantaine en ligne de mire, d'entretenir cette ambition de jeune homme. Enfin, je fais comme tout le monde, je me dépatouille comme je peux avec l'époque qui m'est donnée. Pour y survivre, il me faut du mouvement.

Deux canetons maladroits tracent leur sillon dans la rivière, sous l'œil attentif de l'Enfant. Eux aussi, ils avancent pour survivre. Ils sont minuscules, nouveau-nés, si vulnérables. Le plus débrouillard, au duvet jaune et noir, remonte sur la berge. L'Enfant le baptise Bernard. Son frangin ne parvient pas à sortir de l'eau. L'Enfant l'encourage. « Vas-y Billy, tu vas y arriver. » Il le caresse délicatement et le palmipède se hisse sur la terre ferme. La scène m'attendrit dans des proportions qui me submergent. Je vais quand même pas chialer parce que mon fils caresse un canard, si ?

Bientôt dix ans que je couve cet enfant, que je tente d'infuser en lui la douceur, le soin des autres, l'attention aux plus faibles. Le petit mammifère humain, aux premiers stades de son développement, est un égoïste patenté. Puis il grandit, développe son empathie, rend instinctivement ce qui lui a été donné. Un jour, il protège un oiseau et son père s'émeut. Les canetons picorent, l'Enfant s'attarde. Il refuse de partir. « Il faut que je m'occupe de Billy et Bernard. »

Soit. Nous ne sommes pas pressés. Je nage dans cette piscine naturelle formée par un bras de la rivière et protégée du soleil par la canopée. Nous sommes à l'écart des autres humains, je retire mon maillot de bain. C'est le jardin d'Éden, autant se mettre en tenue d'Adam. Mon regard caresse mon

Ève qui se prélasse et notre progéniture qui veille sur ses palmipèdes.

Je suis, ici, parfaitement dépouillé. Aucun artifice n'encombre mon corps ni mon décor. Depuis quand n'avais-je pas vécu un tel moment ? Depuis ma naissance, sans doute. Je flotte dans une béatitude amniotique. Je fais la planche, les couilles à l'air, avec vue sur les frondaisons, en osmose avec la création. Je suis onde et corpuscule. Je me fonds dans l'Univers. Un serpent traverse la rivière. Rien ne pourra troubler ce moment.

Markus est agité. Il s'est installé à notre table pour se lancer dans une diatribe contre les guides de voyage qui mentent sur l'histoire de ce pays. Pourquoi ? Parce que les guides appartiennent à des fonds d'investissement américains qui contrôlent l'information, pardi. « Comme les médias mainstream, qui passent leur temps à désinformer. »

Une serveuse vêtue d'un sarong et d'un T-shirt Iron Maiden apporte une assiette de laap au bœuf (je n'ai pas eu le cœur de choisir le canard en pensant à Bernard et Billy) alors que Markus s'emballe dans une logorrhée fiévreuse qui glisse lentement mais sûrement sur une pente complotiste. (Je pourrais partager avec lui mon expérience des médias mainstream pour lesquels j'ai travaillé. Ils peuvent être le lieu de l'intrigue, du conflit d'intérêts ou du biais idéologique ; mais je n'ai jamais décelé aucun complot.) Non, le vrai problème, pour Markus, c'est « toujours les mêmes familles » et « l'élite qui contrôle tout ».

Je le laisse déblatérer. Il doit imaginer que j'approuve alors que je me contente de prendre les notes mentales qui produiront ces paragraphes. (Méfiez-vous des écrivains, tout ce que vous direz pourra se retrouver dans un livre.) Pardon, Markus, j'ai pris soin de toi en te camouflant pour ne pas t'embarrasser. Et après tout, je ne t'avais rien demandé, c'est toi qui te déverses. Si j'avais été plus retors, je t'aurais encouragé. J'aurais pu glisser, l'air de rien : « Et donc tu penses que c'est encore un coup des Juifs si on nous cache que la Terre est plate ? » Je m'abstiens, de crainte d'ouvrir la boîte de Pandore.

Markus n'est ni le premier ni le dernier paranoïaque que je rencontre. Ce n'est pas forcément un mauvais bougre ni un imbécile. Il souffre. Avec son système conspirationniste, il érige un mécanisme de défense pour organiser le chaos de ce monde absurde. Non, Markus, l'univers ne te veut pas de mal. La vérité est plus simple et donc plus dure à accepter : l'univers ne se soucie pas de toi.

(Stop. Exercice d'honnêteté intellectuelle : il faut que je développe une antithèse en accueillant les arguments de Markus sans préjugé.

Et s'il avait raison ? Il est possible que je sois aveuglé par ma grande naïveté. Un jour viendra, peut-être, où je verrai la lumière et accepterai l'évidence : une secte satano-maçonnique alliée à des extraterrestres non-binaires préside à nos destinées en s'envoyant des cocktails au sang de bébé à l'apéro.

Autre piste : je fais moi-même partie du complot. Avouons que des indices probants accréditent cette hypothèse : JULIEN BLANC-GRAS / ILLUMINATI.

Six lettres en commun, coïncidence ? Pas n'importe quelles lettres, de surcroît : ULLINA. Anagramme de « ALLUNI ». Ne tenons-nous pas là la preuve qu'on n'a jamais marché sur la Lune ?)

Le paradis ne prémunit pas contre l'aliénation. Markus s'est retiré sur la colline et il a construit sa cabane idéale. Dommage qu'il ait emporté ses névroses avec lui. Il ne suffit pas de fuir pour fuir ses tourments. Si le voyage soigne, c'est une thérapie au long cours. À la manière d'une psychanalyse, c'est en enchaînant les étapes qu'on consolide les bénéfices. Ne traînons pas ici. Le paradis, c'est un moment, éphémère par essence. Dès qu'on s'y installe, il nous échappe. Il faut le ressusciter en permanence.

Nous reprenons la route avec une légère appréhension car, depuis quelques jours, la rumeur court que le nord du pays s'est transformé en enfer. C'est la saison du *slash-and-burn*, le moment où les cultivateurs des collines septentrionales incendient les parcelles forestières, pratique ancestrale de fertilisation coûteuse écologiquement. Outre la déforestation et l'émission massive de CO_2, la moitié du Laos est submergée par les fumées. Sur les forums, le ton est alarmiste : *fuyez, c'est irrespirable*. Nous téléchargeons une appli indiquant la qualité de l'air. À Luang Prabang, notre destination envisagée, le taux de particules fines est classé *dangereux pour la santé*. Nous improvisons une étape à Vientiane en attendant que la situation s'éclaircisse. Je préfère que mon fils rentre avec tous ses poumons.

C'est une capitale de poche aux airs de paisible sous-préfecture ; rien à voir avec la frénésie de Bangkok ou Phnom Penh. S'il fallait résumer Vientiane en trois mots, je dirais : pâté-croûte, triomphe et amputation.

La ville regorge de restaurants aux menus promettant saucisson, baguette et autres cuisses de grenouille, reliquats coloniaux réconfortant le voyageur français sevré après des semaines d'errance asiatique. Il ne faut pas sous-estimer l'émotion qui nous étreint à la simple lecture des mots « saint-nectaire fermier » ou « chaource ». La Femme, adepte convaincue de la charcuterie, s'offre un festin de pâté-croûte sur les rives du Mékong. Satisfaction.

Vientiane s'enorgueillit de la présence, sur une avenue surnommée « les Champs-Élysées », d'un arc de triomphe, le Patuxai, monument emblématique de cette ville qui en compte peu. C'est la fierté locale, bâtie après l'indépendance en mémoire des victimes de guerre. L'Enfant, dans sa morgue de titi parisien et le chauvinisme propre à son âge, estime que « ça vaut pas le nôtre ». Nous tentons néanmoins de monter au sommet pour profiter du panorama. L'accès est fermé. Déception.

Vientiane abrite aussi le COPE Centre, une ONG qui s'occupe de redonner des jambes à ceux qui n'en ont plus. Des dizaines de personnes, chaque année, perdent des membres en sautant sur des engins non explosés datant de la guerre. Parmi les victimes amputées, beaucoup d'enfants qui couraient derrière un ballon avant de poser le pied au mauvais endroit. Les équipes de l'ONG sillonnent les villages pour leur fabriquer des prothèses. Les témoignages filmés de gamins estropiés retournent mes tripes de père. Dévastation.

La visite du COPE Centre rappelle les épreuves que le Laos a traversées. Il y a donc eu la guerre américaine. Pour avoir une idée de l'ampleur du désastre, il faut se représenter l'équivalent d'un bombardement toutes les huit minutes pendant neuf ans. Avant cela, le pays a connu la colonisation française et l'occupation japonaise. En passant à Thakhek, nous nous étions arrêtés devant la fresque commémorant la boucherie du 21 mars 1946, avec ces soldats français jetant bébés et femmes enceintes dans un puits, entre 1 500 et 3 000 victimes ce jour-là. Un an plus tôt, les troupes japonaises avaient massacré des civils français dans cette même ville. Après les bombardements américains, le pays a encaissé les famines qui ont suivi l'instauration du communisme, la guérilla hmong dans le Nord, sans oublier le conflit frontalier avec la Thaïlande en 1987. Quand on vous dit que la vie sur le Mékong n'est pas un long fleuve tranquille.

J'aimerais pouvoir en dire plus sur cette charmante petite capitale, que je n'explore pas autant que je le voudrais car je passe une bonne partie de mon temps cloué au lit. De longues journées de calvaire, dont je vous passe les détails. Une galère suffisamment sérieuse pour que les mots « rapatriement d'urgence » tournent dans ma tête. Le système de santé local, défaillant, ne peut rien pour moi (promis, je n'ironiserai plus sur les gens qui « partent avec un hôpital dans leurs bagages », comme je l'ai fait au début de cette histoire). Jamais eu aussi mal. Me voilà immobile, vulnérable, pas beau à voir. Il fait moins le malin, l'écrivain voyageur aux centaines de frontières, qui se targue d'avoir une santé de fer et qui, en l'occurrence, gémit pour se traîner du lit à la salle de bains.

La Femme s'occupe de l'Enfant. Elle lui fait réciter ses fables de La Fontaine, enchaîne les parties de Uno, l'emmène manger de la tomme de Savoie et visiter des enfilades de bouddhas. Elle veille sur moi. Je m'imagine dans la même situation, seul, dans je ne sais quel bout du monde. Le tourment de la solitude s'ajouterait au supplice du corps. Si elle n'a pas le pouvoir de me guérir, la main qu'elle pose sur mon front brûlant reste la plus précieuse des médecines de l'âme.

Cette étape urbaine nous a replongés dans la fournaise. Une fois que je suis d'aplomb, il nous faut trouver un refuge loin du béton, avec des arbres et de l'eau à portée de main. La bonne nouvelle, c'est qu'une ligne de train à grande vitesse flambant neuve relie Vientiane à la Chine. Pour nous, c'est la promesse d'un trajet rapide et confortable vers le nord du Laos, ce qui nous réjouit après deux mois de vadrouille en bus sur des routes qui n'ont parfois de route que le nom – à cinquante kilomètres de la capitale, il y a encore des pistes non goudronnées.

Pour le Laos, c'est une opportunité de désenclavement. Nous sommes dans le pays le moins peuplé, le plus pauvre, le plus isolé de la région, celui qui n'a pas accès à la mer. Celui qui a un train de développement de retard par rapport à ses voisins.

Pour la Chine, qui a construit et largement financé le chemin de fer, c'est le contrôle d'une voie commerciale, un tronçon de sa nouvelle route de la soie, permettant de déverser vers le sud ses marchandises et ses touristes.

La rutilante gare de Vientiane, ouverte quelques mois plus tôt, contraste avec les infrastructures locales, vieillottes et fragiles. On se croirait dans un autre pays. C'est d'ailleurs un peu le cas, le beau TGV accentuant le processus de vassalisation du petit Laos vis-à-vis de l'Empire du Milieu. Dès qu'on franchit le seuil de la gare, les procédures sont chinoises. Au portique de sécurité, on nous confisque notre paire de ciseaux (Dieu merci, ils n'ont pas touché au beurre de karité). Dans le train, la procédure exige qu'aucun bagage ne dépasse des casiers. Si une petite lanière de sac à dos pendouille, le contrôleur panique car il faut appliquer la procédure et ce, sans se poser de questions quant à l'utilité ou la flexibilité de la procédure. Obéir sans réfléchir. Quelques décennies de culture totalitaire et voilà : aucune lanière de sac à dos ne pendouille dans le train.

Cette rigidité tranche avec le bordel pépère du Laos. Ce dernier a lui aussi cinquante ans de parti unique dans les pattes, avec toute la corruption qui va avec, mais on aborde le quotidien avec une certaine souplesse se manifestant par l'utilisation récurrente de l'expression *bo pen yang*. Pas de problème.

À la lumière de son histoire tourmentée, on ne peut qu'admirer l'impassibilité de la population laotienne, attitude ancrée dans la culture confucéenne d'évitement du conflit et peut-être favorisée, également, par les températures extrêmes. S'énerver par quarante degrés, trop épuisant.

À Vang Vieng, l'air est respirable, avec un sale goût. La vue est bouchée par les fumées. Les montagnes apparaissent en filigrane, se devinant à l'horizon à travers les brumes, donnant au tableau un cachet d'estampes chinoises. Dans ce ciel d'apocalypse s'élèvent des montgolfières dont l'ovale se confond avec celui du soleil couchant. (« Figure-toi, fiston, que le premier vol en ballon a eu lieu en 1783 à Annonay. ») Cette bourgade engoncée dans un paysage féerique et traversé par la rivière Nam Song était devenue, dans les années 1990, un incontournable du tourisme de la défonce. Les jeunes routards occidentaux venaient s'y adonner au tubing, activité consistant à descendre la rivière sur des bouées en opérant de nombreux arrêts dans les établissements sur berge servant de la bière et de l'opium. Un jeu au taux de mortalité suffisamment élevé pour que les autorités sifflent la fin de la récréation et réorientent le secteur touristique vers un segment plus familial. Aujourd'hui, on vient à Vang Vieng pour voler en montgolfière, visiter des grottes et faire trempette dans les nombreux trous d'eau.

L'Enfant vomit au réveil. Il n'a pourtant pas bu la veille ni, à ma connaissance, consommé d'opium. Comme il a l'air de tenir debout, nous louons deux motos pour parcourir les environs enchanteurs. Le temps de faire le plein d'essence, l'Enfant vomit de nouveau. Nous rendons les motos seize minutes après les avoir louées.

L'Enfant, qui est barbouillé, gagne une journée de repos à l'hôtel avec tablette à volonté. L'iPad, ce médicament miracle. L'Enfant, soudain, ne semble plus si mal en point. Nous sommes-nous fait manipuler ?

Nous profitons de cette journée d'immobilité pour organiser la suite de notre parcours, trouver les prochains bungalows, décider des étapes. Nous avions posé une option pour la Corée. Est-ce qu'on appuie sur ce bouton ? La Femme valide ; dans quelques semaines, nous visiterons son pays de naissance.

(Avant notre départ, nous sommes allés voir le film *Retour à Séoul*, de Davy Chou. L'histoire d'une jeune Française adoptée en Corée qui multiplie les séjours à la recherche de ses parents adoptifs et surtout d'elle-même, douloureuse errance dans le labyrinthe de la quête des origines. Le long-métrage est réussi et l'actrice, Park Ji-min, épatante. Tous les éléments étaient réunis pour que le processus d'identification joue à plein dans ce film miroir pour la Femme. Elle est sortie de la séance en lâchant un « c'est pas mal » qui dissimulait mal son agacement. Les torturés de l'identité ne l'intéressent pas. Elle a d'autres chats à fouetter.)

Le lendemain, l'Enfant ne vomit pas au réveil et nous louons deux motos pour parcourir les environs enchanteurs. Masque de piscine sur le visage pour se protéger de la poussière, nous franchissons des petits ponts de bois qui ne tiennent plus guère que par un grand mystère, heureux comme trois enfants voguant vers une journée d'insouciance. Peu après notre départ, un panneau VIEW POINT NUMBER 2 attire mon attention.

– Et si on s'arrêtait pour monter sur cette colline ? Apparemment, c'est un des plus beaux panoramas de la région.

Moue de la Femme, moue de l'Enfant.

– Allez, c'est juste cinq minutes de marche.

– Juste cinq minutes, hein.

– Oui, faites-moi confiance. C'est indiqué sur Google Maps : cinq minutes.

Une heure plus tard, l'Enfant affirme que c'est le « pire jour » de sa vie pendant que la Femme grommelle contre la raideur de la pente, les pierres glissantes, l'absence de rambarde de sécurité et le sans-gêne des touristes chinois qui lui coupent le chemin. L'ascension s'avère un peu plus compliquée – et dangereuse – que prévu. La balade anodine s'est transformée en semi-escalade en tongs sous le soleil de plomb. Ce n'est quand même pas ma faute si Google calcule mal le temps de trajet avec ce type de dénivelé.

– J'en ai marre, tempête l'Enfant.

– Accrochez-vous, on est bientôt arrivés. Regardez, je vais demander au gars qui redescend. Excuse me, are we near the top ?

– No, you're actually very far.

– Là, vous voyez, il a dit qu'on y était presque.

Au sommet, la vue est spectaculaire, comme promis, quoique la Femme et l'Enfant soient trop occupés à me maudire pour en profiter.

Surtout, il y a une moto. Une moto attachée sur un promontoire au bord de la falaise. Une moto Instagram, avec un drapeau laotien accroché à l'arrière. Des randonneurs forment une file d'attente pour prendre leur photo assis sur l'engin qui, en fonction de l'angle choisi, semble suspendu dans le vide. C'est assez convaincant. Pour parfaire le dispositif, une enceinte diffuse un bruit de moteur.

Chaque jour, des centaines de personnes capturent exactement la même image, moins pour vivre une expérience que pour en attester. Chacun expose sa singularité, à la queue leu leu. On vient du bout de la planète pour se (la) raconter.

Je partage mon ~~constat~~ lieu commun avec ma famille et l'Enfant répond :

– Bah, tu fais pareil dans tes livres, toi.

Je ne trouve rien à répondre, parce qu'il n'a pas tout à fait tort.

– D'ailleurs papa, il faudrait que tu arrêtes d'écrire des livres de merde. Tu ferais mieux d'écrire des bons livres.

Ne pas céder à la provocation.

– Bonne idée mon chéri, je vais essayer de suivre ton conseil. (Et on en reparle la prochaine fois que tu viendras négocier du temps d'écran.)

Au Blue Lagoon Number 3, l'ambiance est à la kermesse. C'est un jour férié. Des familles se réunissent sous des abris ombragés pour se nourrir de chenilles vivantes en se canardant de bon matin. Des moines psalmodient non loin des mamans en talons aiguilles dans la boue. Des ados sautent dans l'eau de jade depuis les plateformes perchées dans les arbres. Un panneau indique : NE SAUTEZ PAS SI VOUS ÊTES IVRE. C'est une vraie fête populaire, où les familles laotiennes se mélangent aux chinoises, massivement débarquées du Yunnan grâce au nouveau train.

– Pourquoi ils font tant de bruit, les Chinois ? s'interroge l'Enfant.

Je lui rétorque, dans un accès de politiquement correct éducatif, d'éviter de généraliser, tout en admettant qu'en l'occurrence, ces Chinois-là sont étonnamment bruyants.

C'est facile de se foutre de la gueule des touristes chinois. J'éprouve néanmoins une forme d'attendrissement face à leur ingénuité voyageuse. Le tourisme est une idée neuve en Chine. Ils ne sont pas blasés. Ce quadragénaire en surpoids qui flotte dans sa bouée canard rose ne voit pas le problème. Il est commercial à Kunming ou fonctionnaire à Chongqing et il est satisfait comme on peut l'être après trois bières et six brochettes de poulet ; il découvre un nouvel endroit sans second degré et il pisse dans l'eau comme tout le monde. À l'instar de

Jean-Pierre ou Jocelyne découvrant la Costa Brava en Simca 1000 dans les années 1970, il est heureux de faire partie d'une nouvelle aventure collective. Un grand bond en avant, avec un tuba, qui éclabousse les voisins.

Il nous reste une dernière étape avant de quitter « le pays du million d'éléphants », où nous n'avons pas vu d'éléphants (il n'en reste que quelques centaines). Luang Prabang, perle du Laos célèbre pour ses temples, ses moines courant l'obole au petit matin et ses *boutique hotels*, est en pleine effervescence. C'est Pi Mai, le Nouvel An lao, la grande fête du bouddhisme theravāda. De longues processions parcourent la ville et les dragons sont de sortie. Les rues sont bouchées, la foule heureuse, les rives du Mékong vibrent d'animations aussi diverses que le défilé du Bouddha d'or, une parade de lanternes dévalant du mont Phousi ou l'élection de Miss Luang Prabang. De quoi s'enthousiasmer en posant nos valises.

– C'est nul ici.

L'Enfant est scandalisé. Pas de terrasse, wi-fi capricieux, chambre pas assez spacieuse : le bungalow n'est pas au goût de monsieur. La guesthouse est pourtant tout à fait convenable, avec sa mare plantée de lotus et son personnel souriant. Un recadrage semble nécessaire.

– Écoute, tu te trouves dans un endroit magique classé à l'Unesco alors que tu devrais, en ce moment même, être à l'école à Paris, dans une ville où les déchets ne sont plus ramassés depuis deux semaines, donc relativise tes problèmes de wi-fi s'il te plaît.

L'Enfant fait mine de m'ignorer dans une attitude préadolescente qui me fait redouter les années à venir. En 1956, je lui aurais collé une tarte en gueulant « tu écoutes quand ton père te parle ». Aujourd'hui, je sors de la chambre en claquant la porte de manière théâtrale, je marque un temps d'arrêt à l'extérieur et rouvre la porte pour apporter une précision :

– Et j'écris pas des livres de merde.

Je ne suis pas le seul à perdre mon calme. Le flegme laotien s'évapore pendant les trois jours de festivités de Pi Mai. Durant cette période, il faut sortir armé. Tous les témoignages concordent : on se fait sauter dessus à chaque coin de rue. Nous avons donc acheté des pistolets que nous chargeons méticuleusement avant d'aller déjeuner en ville. Au premier carrefour, une bande de jeunes se précipite vers nous. Ils sont nombreux. Nous sommes coincés. Nous acceptons notre sort et recevons de grands seaux d'eau dans la face. La ville s'est transformée en gigantesque champ de bataille aquatique. C'est la tradition purificatrice et nos petits pistolets à eau ne font pas le poids.

Le premier jour de Pi Mai est extatique. On met ses plus beaux vêtements, on opère un grand nettoyage de Nouvel An, on ouvre les cages aux oiseaux, regardez-les s'envoler, c'est beau (pouvoir surnaturel des ritournelles entendues dans l'enfance : une image réactive un texte auquel on n'avait pas pensé depuis quarante ans, et Pierre Perret atterrit à Luang Prabang). Postés dans des piscines gonflables *La Reine des neiges*, des enfants surexcités aspergent les passants, les scooters, les voitures dans de grands éclats de rire. Vêtus de nos maillots de bain, nous rejoignons un gang de jeunes délinquants pour arroser tout ce qui bouge. L'Enfant retrouve sa bonne humeur dans l'ambiance de carnaval. La Femme aussi se prend au jeu, avec une implication non feinte. Moment cathartique : je la soupçonne de penser à certains de ses ex-collègues de bureau quand elle balance des bassines sur les badauds. Elle montre au combat toutes ses qualités de leader. Elle replace les équipes (« mets-toi ici pour en arroser un maximum »), assure l'intendance (« je vais acheter un fusil avec un plus gros réservoir »), mène la charge (« en avant ! »). Elle devient l'idole des gamins du quartier. Nous gagnons également le respect des parents qui, eux, nous abreuvent de bières. Nous remportons la bataille du Mékong.

Le deuxième jour, la foule reste compacte et les jeunes déterminés. Des enceintes envoient sans relâche d'horribles beats à des volumes susceptibles de causer une surdité immédiate (ce qui présenterait l'avantage d'être épargné par cette musique). L'atmosphère reste guillerette bien que les adultes commencent à soupirer d'un air résigné en voyant arriver les seaux d'eau.

Nous nous éloignons pour musarder dans la campagne environnante où se niche une ferme bio et socialement responsable qui, nous a-t-on dit, sert de succulentes glaces au lait de bufflonne. C'est un projet conçu par des Australiens installés dans les parages. À l'entrée, on peut lire : « Ceci est notre quête de sens de la crise de la quarantaine, ça nous semblait mieux que d'acheter une Porsche. » Chacun sa stratégie. Nous, on s'est lancés dans ce périple en espérant que les voyages forment la vieillesse. L'Enfant caresse des lapins, nourrit des porcs, apprend à brosser les ruminants. Le guide-fermier lui montre comment traire une bufflonne. Mon fils s'accroupit et tire sur les pis gonflés de la bête, le lait gicle dans l'écuelle. Ça non plus, il ne l'aurait pas appris à l'école. Moi qui ai grandi à la campagne, je n'ai, à mon âge, jamais trait un animal. Il n'est jamais trop tard pour apprendre. Je m'y essaie et il s'avère que je suis plutôt nul, je ne récolte même pas de quoi faire un yaourt. La Femme tente le coup à son tour, attrape les deux pis entre ses mains et déclare : « xxxxxxxxxxxxxxxxxxxxxxxxxx xxxxxxx[1]. »

À quelques kilomètres de là, on trouve la plus belle cascade au sud du fleuve Rouge, voile parfait semblant couler au ralenti dans des bassins turquoise (je dois toucher l'eau pour m'assurer qu'il ne s'agit pas d'une image générée par une intelligence artificielle, dans un réflexe de journaliste qui vérifie ses sources). C'est ici, dans cette rivière, que l'Enfant rencontre Gérard. Gérard est une feuille de nénuphar. En dépit de sa condition végétale, il devient instantanément le meilleur ami de l'Enfant, qui l'affuble d'une biographie assez précise. Gérard aime les cornichons et le vin rouge. Gérard nous accompagne toute la journée car l'Enfant refuse de le lâcher. Gérard doit absolument rentrer avec nous à Paris. Quand, après de longues négociations, l'Enfant se résout à l'abandonner en le rendant à la rivière, il prononce un discours d'adieu ma foi plutôt poignant. « Suis ta route, Gérard, on se retrouvera peut-être en mer de Chine méridionale. » Cet Enfant essaie de nous faire passer un message.

Le troisième jour, Luang Prabang fait penser à une fin de rave party. Des adolescents dégoulinants sillonnent la ville en pick-up pour prolonger la fête avec l'énergie de leurs seize ans. On les

1. NdlF : Désolée, là je censure.

tolère, on les comprend, on a eu leur âge, mais en vérité, ils gonflent tout le monde. L'épuisement gagne.

Demain matin, tout sera sec et purifié, des files de moines sillonneront les rues en robe safran pour reprendre le cours du temps là où on l'avait laissé. Nous quitterons le Laos, le Mékong et la fournaise pour d'autres horizons. Dernière vision de Pi Mai : un vieil homme seul, affalé sur une chaise en plastique, chante micro en main et yeux fermés dans la nuit, de tout son cœur et incroyablement faux. Il faut aller dormir, monsieur. La fête est finie.

Épisode vietnamien, où la cavalerie débarque

– En vrai, j'aime pas trop les temples.

Agrippé à son audioguide, l'Enfant a parcouru le chef-d'œuvre architectural confucéen abondamment pourvu en dragons sculptés. Et il a rendu son verdict à l'issue de la visite, avec la sincérité de ses neuf ans.

Mon fils soulève ici un tabou qui hante la conscience de l'*Homo touristicus* depuis son apparition en Europe au XIXe siècle. Pourquoi visite-t-on des temples ? Parce que le patrimoine nous donne un accès à la richesse culturelle de tel peuple à telle période, bien sûr. Mais si vous aussi vous avez déjà cru plonger dans un coma profond en traversant un site *incontournable* et n'avez jamais osé le formuler de peur de passer pour un béotien, sachez que vous n'êtes pas seuls. Des millions de touristes avant vous ont hoché la tête en marmonnant « c'est vrai que c'est joli » tout en pensant « qu'est-ce que je fais là ? ». Il est temps de libérer la parole. La vérité doit éclater au grand jour : on visite les temples pour obéir aux injonctions du Lonely Planet et de l'Unesco. Halte au diktat des vieilles pierres.

Un long voyage peut être représenté par une courbe sinusoïdale. Après l'euphorie ascendante des débuts vient le temps des lassitudes. La routine de la route. Tout est plus lourd, moins excitant. Faire et défaire ses bagages. Négocier avec les taxis. Visiter des temples. On débarque dans un pays qu'on rêve de découvrir depuis toujours et on n'a plus l'énergie nécessaire pour s'esbaudir. La courbe plonge. On en a vu tellement, des merveilles, ces derniers mois. L'effet de nouveauté, celui qui injecte de la dopamine et adoucit les blues existentiels, ne fonctionne plus à plein. La nouveauté, quand elle est perpétuelle, se transforme en banalité. On s'en veut d'être blasé car on sait la chance qu'on a d'être là.

La Femme a beau avancer, ses nuages la poursuivent. Elle s'est rallumée depuis que nous sommes au soleil mais la simple réception d'un mail peut rouvrir ses blessures. Une contrariété surgit d'un autre fuseau horaire : la Femme se verrouille, retourne dans la prison du ressassement et s'envoie un paquet de clopes. Elle stressait avant notre départ. Elle commence à stresser pour le retour, alors que nous sommes à mi-chemin. Je déchiffre le scénario qui rôde dans sa tête. Est-ce qu'elle va retrouver du boulot ? Est-ce qu'on va finir sous les ponts ? Notre génération a été élevée dans la phobie du chômage. Travaille bien, sinon tu finiras comme le monsieur qui sent mauvais et qui parle tout seul dans la rue. Dressage par la peur de l'exclusion. Je suis vacciné contre ce poison : je n'ai jamais signé un contrat de travail, jamais su ce que j'allais faire l'année suivante et ça ne m'a jamais empêché de subvenir à mes besoins. À quoi bon avoir peur du vide dans un monde si plein ? La Femme, avec son talent et son carnet d'adresses, saura retrouver une activité sans difficulté, je n'ai aucune appréhension à ce sujet. Elle me trouve trop optimiste. Alors, pour jalonner l'avenir, elle s'inflige des entretiens en visio, le corps au Vietnam, la tête dans un open space en Île-de-France.

Ce moment du voyage est compliqué pour l'Enfant aussi. Il le manifeste à sa manière, en sabotant toutes les photos avec des gestes obscènes. Il rechigne à se doucher. Il renâcle dès qu'il s'agit de faire l'école. Depuis notre départ, nous avons plus ou moins réussi à tenir le programme, entre dictées, révision des conjugaisons et des tables de multiplication. L'Enfant, qui répond au stéréotype scolaire *désinvolte avec des facilités*, déploie des trésors d'ingéniosité pour esquiver les devoirs du jour.

– Je peux pas les faire, c'est les vacances scolaires en France.

– Allez, écris le verbe « manger » à la troisième personne du pluriel à l'imparfait, s'il te plaît.

– Papa, j'ai une idée : tu voudrais pas te faire élire à l'Académie française quand tu seras vieux ? Pour faire voter des règles de grammaire plus simples.

– Je vais voir ce que je peux faire. C'est pas gagné.

– Pour commencer, je te rappelle qu'il faut que tu arrêtes d'écrire des livres tout pourris.

– OK, on va changer de matière. Et si tu écrivais ton journal de bord pour tes copains de classe ? Tu as pris du retard.

– Non, je veux pas.

– Il faudra bien le faire à un moment. Tu l'as promis à ta maîtresse.

– De toute façon, je voulais pas le faire, ce voyage. Je veux rentrer à la maison.

Nous atteignons le point bas de la courbe.

L'Enfant évolue dans un monde d'adultes. Il est heureux d'avoir ses parents pour lui seul en permanence. Hélas, nous avons beau nous plier en quatre pour l'occuper (joie des parties de Uno), nous n'avons pas neuf ans. Il lui arrive de jouer avec d'autres gamins au gré de nos rencontres ; moments trop fugitifs. Il appelle ses amis en France de temps à autre mais ça ne suffit pas non plus. Il a besoin de fréquenter des gens de son âge. Avis aux familles qui envisagent un tour du monde : pensez à emporter au moins deux enfants.

Heureusement, la cavalerie arrive. Elle débarque sous la forme d'une famille qui nous est proche, composée de l'Ami, de l'Amie et de leur fils. L'Enfant attendait ce moment avec impatience. Nous aussi. Les deux gosses vont s'occuper entre eux pour leur plus grand plaisir et pour notre plus grand soulagement. Les Amis vont nous accompagner pendant les deux semaines que durent les vacances françaises, enclenchant une nouvelle dynamique pour notre périple.

Avec nos Amis, nous sillonnons Hanoï. Au premier coup d'œil : encore une mégapole asiatique au développement trop rapide avec des gratte-ciel arrogants et une circulation infernale, où le code de la route se résume au passage en force permanent. Venant de notre bon vieux Laos rural, si calme, si lent, on a l'impression d'arriver trente ans plus tard, de passer de *La Petite Maison dans la prairie* à *Blade Runner*. Au deuxième coup d'œil, on commence à percevoir les mille ans d'histoire de la capitale vietnamienne, lui conférant un charme qui ne s'achète pas et qui survivra aux tours de verre et d'acier. Hanoï, c'est cinq millions de motos et il est compliqué de traverser la rue sans se faire alpaguer par les cyclopousses charriant d'épais citoyens yankees qui, décidément, gagnent toujours à la fin. Mais si on se rend disponible, on peut se laisser envoûter. Nous emmagasinons les sensations urbaines, en touristes assumés baguenaudant autour du lac Hoan Kiem. Regardez l'artisan qui grave une pierre tombale dans une rue du quartier des 36 corporations. Regardez cette adresse inscrite sur un fronton du vieux quartier français : 75 avenue Maréchal-Pétain. Regardez la dame qui prépare son bánh mì sur une de ces tables d'enfant qui envahissent les trottoirs afin d'optimiser l'espace. Comme la nature, Hanoï a horreur du vide.

On s'en rend bien compte à Train Street, étroite ruelle traversée par une ligne de chemin de fer et transformée à ce titre en curiosité touristique. Il est assez fascinant d'observer tous ces Occidentaux se presser, jouer des coudes et des bakchichs pour obtenir une place dans un des minuscules cafés bordant la voie, se faire engueuler dès qu'ils dépassent de dix centimètres, patienter pendant deux ou trois bières, jusqu'à ce que le train passe pour pouvoir le filmer. Un train passe, donc. Ça dure dix secondes et tout le monde repart après avoir posté sa vidéo. Tout cela tend à accréditer la thèse selon laquelle les touristes sont des vaches munies d'un smartphone. Pourquoi avons-nous fait ça ?

Après le passage du train, l'Enfant joue au funambule sur les rails. Lui, il a adoré le spectacle, ce qui est une raison suffisante pour être venu et me renvoie à ma lutte contre le délitement de ma capacité d'émerveillement.

En passant devant les échoppes de souvenirs, il nous rappelle que nous lui avons promis une statuette de Bouddha il y a trois pays. Puis il demande si on peut faire un tour en cyclopousse.

– Non, fils, jamais de la vie.

– Pourquoi ?

– Ce n'est pas un problème de payer pour être transporté ou nourri. Tu contribues à l'économie locale, c'est OK. Mais il faut trouver une limite entre « acheter un service » et « exploiter les gens ».

– Mais quand on prend un taxi ou un tuk-tuk, c'est pareil.

– Non, c'est pas pareil, il y a un moteur. Je ne veux pas qu'un mec pédale comme une bête de somme pour me trimballer pendant que je prends des photos. On n'est pas dans *Tintin en Indochine*.

– Pourtant, c'est mieux parce que ça pollue moins.

– Tu voudrais pas arrêter d'avoir raison ? C'est épuisant.

(Je ne lui ai pas avoué toutes les raisons de mon refus. La vérité, c'est qu'au-delà du critère éthique, on a l'air vraiment trop con sur un cyclopousse.)

Nous n'allons pas quitter Hanoï sans passer par le mausolée de Hô Chi Minh. Allons rendre visite au père de la nation, l'icône qui a fait plier deux empires, décédé en 1969 (quelques jours après le festival de Woodstock, où des milliers de hippies américains chantaient contre la guerre du Vietnam). Ce qui est moins connu dans la biographie de Hô

Chi Minh, c'est son parcours de grand voyageur. En 1911, le jeune homme de vingt et un ans embarque sur un paquebot à Saïgon (comment pourrait-il alors imaginer que la ville portera son nom quelques décennies plus tard ?) direction Marseille, où il accoste avec dix francs en poche. Il travaille comme jardinier au Havre, traverse l'Atlantique en tant que commis de cuisine, débarque en Amérique où il est le témoin impuissant de lynchages du Ku Klux Klan. Il enchaîne les petits boulots à Dakar, Tunis, Londres, Paris, forgeant sur la route sa conscience de classe anticolonialiste. Devenu militant communiste, il assiste au congrès de Tours, écrit dans *L'Humanité*, séjourne en URSS et en Chine, et revient finalement au pays pour bouter le Français hors du Tonkin. Hô Chi Minh, un mélange de Jack London (les boulots de galérien sur la route), de De Gaulle (si on se place dans une perspective locale) et du Che (avec le côté obscur que cela implique).

Nous sommes fin avril, c'est la fête de la Victoire, celle de l'oncle Hô sur l'oncle Sam. Des milliers de Vietnamiens se pressent de bon matin devant ce grand bâtiment carré du plus pur style soviétique pour s'incliner devant la dépouille, dans un gigantesque pèlerinage laïc. Nous prenons place dans la file et la Femme s'enquiert du temps d'attente auprès d'un agent. Trois heures. Suffisant pour nous décourager. Nous ne verrons pas la barbiche embaumée de Hô Chi Minh.

Avec nos Amis, nous parcourons le Nord du Vietnam. Nous voyons défiler les programmes immobiliers démesurés et flambant neufs (la population du pays, évaluée à cent millions d'âmes, s'accroît d'un million de personnes chaque année).

Nous longeons le parc industriel du port de Haïphong, autoproclamé *Gate to the future*, qui arrose la planète de ses produits manufacturés. Nous remarquons l'omniprésence du conglomérat Vingroup qui, de l'automobile au bâtiment en passant par la téléphonie, truste tous les secteurs (son fondateur, l'homme le plus riche du pays, a bâti le début de sa fortune en produisant des nouilles instantanées en Ukraine). Vietnam : État communiste à parti unique et économie capitaliste spéculative. Ça a marché en Chine, ça marche ici. Le tigre brandit une croissance qui frôle les deux chiffres, oncle Hô se retourne dans son mausolée.

Avec nos Amis, la courbe remonte. L'enthousiasme aussi. Nous dénichons un bungalow sur une île quasi déserte non loin de l'endroit le plus fréquenté du Vietnam, où des panneaux rappellent le « code de conduite du tourisme civilisé » (dites bonjour, ne jetez pas vos déchets, ne vous roulez pas de pelles en public).

Nous pagayons dans une baie irréelle, zigzaguons entre les villages flottants et les pics karstiques plantés dans la mer, un œil attendri sur nos enfants barbotant dans les vagues. Ils jouent, se chamaillent et bâtissent bien plus que des châteaux de sable : une amitié.

Avec nos Amis, nous prions pour nos vies quand un chauffeur de bus complètement cinglé dépasse une voiture doublant un camion dans un virage tout en se filmant en Facebook Live (juré) sur fond de techno hallucinée. Ce pays est pressé. Cette frénésie tranche avec la douceur des paysages. Ça ressemble au Vietnam éternel de pitons calcaires et de rivières serpentant autour des rizières. Ça sent un peu l'Europe aussi, avec ces églises dans chaque patelin et ces charbonnages nés des appétits industriels de la colonisation française. Je rêvasse à la fenêtre en me demandant si je vais voir surgir la Deneuve d'*Indochine* ou la Duras de *L'Amant*. Elles n'apparaissent pas. De retour au réel, la personne qui surgit au bord de la route est une vendeuse de fruits avec un chapeau conique qui a de fortes chances de s'appeler Nguyen.

Nous découvrons des villages égayés par les festivités nationales, drapeau rouge de sortie flottant sur le vert hégémonique de la nature. Nous traînons parmi les poules, les cochons et les villageois ivres qui nous invitent à rejoindre une danse traditionnelle. Nous prenons un fou rire quand un quidam prend la Femme pour la guide de notre groupe – une Asiatique parmi des Européens, c'est forcément la guide. Nous marchons des heures à travers les cultures en terrasse, en admirant les papillons gigantesques qui volettent autour des épis et en refaisant le monde. On ne fait pas que rire.

À l'instar de la Femme, nos Amis traversent une phase professionnelle compliquée. Lui occupe un poste élevé dans l'industrie, grosses responsabilités sur ses épaules. Lors de nos balades, il détaille les intrigues tordues de son employeur, la culture d'entreprise malsaine, la tartufferie du capitalisme woke. Sa boîte, américaine, est dotée d'un service « éthique », État dans l'État redouté de tous, utilisé pour dégager des salariés à moindre coût sous des prétextes fallacieux. Darwinisme libéral féroce sous les oripeaux de la morale. On met en scène la fiction de la bienveillance. Tout le monde surveille tout le monde. On dénonce volontiers, anonymement de préférence. Cela fonctionne comme une police politique. Les bannis ne sont pas envoyés au goulag pour casser des cailloux, mais dans un placard pour grignoter des antidépresseurs.

Mon Ami est une parfaite illustration de l'expression *force tranquille*. C'est un costaud, paisible et confiant, pas du genre à gémir. Là, il est atteint. Souvent perdu dans ses pensées. « J'en rêve toutes les nuits », confesse-t-il.

L'Amie, qui évolue dans les médias et la mode, connaît elle aussi la boule au ventre en arrivant au bureau le matin. Pression du résultat, clients vicieux, brimades infectieuses. Elle est prise en étau entre ses envies de fuite et la crainte d'être mise sur la touche par les jeunes rédactrices aux dents qui rayent le parquet, paralysée dans son mal-être professionnel. Ça pèse sur le couple, la famille, les enfants, tout. Ce schéma de la souffrance au travail, si j'en crois mon entourage, est devenu une norme. C'est bien simple, parmi mes connaissances travaillant dans un bureau, une bonne moitié est en train de craquer. Certains en meurent. Deux semaines de vacances ne suffisent pas à régler un problème de société.

Avec nos Amis, nous sommes invités dans le village natal de Doan, la cousine vietnamienne d'un écrivain français qui est mon frère littéraire. Doan dirige une petite agence de tourisme à Hanoï, elle a notre âge et elle n'est pas non plus dans la période la plus simple de sa vie.

C'est l'heure du déjeuner en famille. Tout le monde est là, la mère, la sœur, les neveux de Doan, qui ont l'âge de nos enfants. Et son père, un vieux monsieur aux courts cheveux blancs, très beau, atteint de troubles neurodégénératifs. Il tremble. Il n'a plus accès à la parole. Mais il est là, présent, sans mots mais pourvu d'une aura.

Le père de Doan est un vétéran, il touche une pension à ce titre. Encadré au salon, son portrait en uniforme débordant de médailles. J'ai vu *Apocalypse Now*, *Voyage au bout de l'enfer*, *Full*

Metal Jacket, *Platoon*, *La Ligne rouge* et *Rambo*. Mon imaginaire sur le Vietnam, c'est la guerre, du point de vue américain. Aujourd'hui, je rencontre un soldat vietnamien. J'aimerais recueillir son récit, il ne peut plus parler.

Nous sommes ensevelis sous une tonne de nems, de riz aux arachides et de pâtés faits maison, pendant que Doan raconte son enfance à la campagne. L'absence d'horizon, sa montée à la capitale et sa réussite sociale, qui lui permet d'améliorer le commun de la famille. À la fin du repas, le père se lève pour marcher lentement vers la cuisine. Il en revient chargé d'une bouteille de deux litres de Coca-Cola Nguyen (oui) où croupit un liquide jaunâtre au fond duquel trempent des fruits imbibés. Il distribue un verre à chacun. Le digestif en question est une gnôle de jacquier qui date probablement de l'offensive du Têt. Les Amis trempent les lèvres, leurs visages se décomposent. C'est du brutal.

Je goûte et lance un « hum, c'est très bon » de politesse tout en réprimant un réflexe de régurgitation. Erreur fatale. Le père attrape mon verre et me ressert. Il a choisi sa cible, c'est moi. Voilà où mène la politesse. Je tente un « non merci vraiment après tout il est à peine midi ». Le vétéran me fixe droit dans les yeux et opère un mouvement de tête signifiant « bascule, petit » avec une autorité muette qui ne me laisse guère de choix (après tout, le gars a été lieutenant vietcong, il a peut-être neutralisé des GI avec un pieu en bambou, qui suis-je pour refuser son hospitalité ?). Et puis ça recommence.

C'est un banal village vietnamien, un coin de planète anonyme où on n'a aucune chance de se rendre si on n'y est pas invité par quelqu'un qui y a grandi. Notre équipe se balade entre les maisons, les rizières et les jardins de pamplemousses, avec de l'alcool dans le sang et des chapeaux coniques sur la tête qui nous protègent du soleil mais pas du ridicule. Des chiens nous suivent en se demandant *qui c'est ceux-là*. C'est une balade sans point d'intérêt particulier, qui vaut toutes les visites de temple. On papote de tout, de rien. Une intimité s'installe. Nous faisons une halte au cimetière, où Doan s'épanche discrètement. Sur la place du village, elle offre sa tournée de glaces. Les enfants jouent. L'Amie demande à la Femme ce qu'elle ressent à l'idée de bientôt retourner en Corée, pour la première fois. Elle élude. Notre fils demande, sans sommation, s'il est exact que les chauves n'ont pas le droit d'aller au Japon. L'incongruité de la question provoque un sourire général alors que le soleil commence à décliner.

Sur la photo : un vieux abîmé par l'Histoire, une femme en deuil qui fait bonne figure, une poignée de quadragénaires égarés et des enfants pleins de vie qui tirent la courbe vers le haut.

Épisode japonais, où l'on emprunte la voie du zen

Nous avons rudement bien fait de manger les bananes dans l'avion car la voix sortant des haut-parleurs nous prévient que nous risquons la prison si l'on tente de faire entrer des fruits sur le territoire japonais. Le panneau affiche 125 mètres jusqu'au poste d'immigration et je sais que quelqu'un a compté et vérifié qu'il y avait bien 125 mètres et non 127. Un octogénaire en uniforme nous indique, en s'inclinant bien bas, la direction du tapis à bagages. Le Japon, c'est bien connu, fait travailler ses vieux. Les pépés occupent l'espace urbain et les jobs subalternes, silhouettes lentes, voûtées et omniprésentes qui aident les voitures à se garer au lieu de crever lentement dans un hospice. Une façon comme une autre de gérer le problème des retraites. Au même moment, la France s'enfonce dans une violente crise sociale à ce sujet. Chez nous, on fout le feu quand on n'est pas d'accord, culture politique sensiblement différente de celle du Japon, où l'on s'excuse avant de dire bonjour.

L'Enfant, petit gougnafier parisien, s'apprête à se faufiler dans le métro en jouant des coudes. Je le retiens. Ici, on fait la queue, on forme une ligne bien droite, on attend que tout le monde soit sorti et, ensuite, on entre calmement sans bousculer personne. Je sais, fils, c'est choquant.

Lors de mes derniers passages à Tokyo, je portais un regard ironique sur cette manie hygiéniste consistant à porter un masque dans les transports. Depuis, la planète entière s'y est mise. Malgré l'abrogation des restrictions sanitaires liées au covid, la plupart des passagers se couvrent le visage. Un masque et des écouteurs. On se replie vers l'intérieur pour supporter la promiscuité de l'aire urbaine la plus peuplée au monde. Quarante millions d'habitants, ça fait beaucoup de voisins.

Une pièce de huit mètres carrés dans laquelle on a réussi à faire entrer deux lits, une kitchenette et même une machine à laver : notre minuscule location fait penser à l'intérieur d'une caravane, ce qui amuse notre fils au plus haut point. Nous sommes au nord de Shinjuku, dans une zone assez cosmopolite suivant les standards japonais. Des Orientaux (moyens), des Africains, des Afro-Américains, des Népalais, des Coréens. À l'angle de notre ruelle, une échoppe de kebab fait saliver l'Enfant. Il veut absolument goûter.

– Mais enfin tu vas pas te faire un kebab pour ton premier repas au Japon. Des kebabs, on en a plein notre quartier à Paris.

L'Enfant rouspète. Il tente de négocier un McDo, nous restons fermes. Nous arrivons au pays de la saine gastronomie, nous allons trouver un vrai restaurant japonais et, pour ce faire, nous nous dirigeons vers Kabukicho, peut-être pas l'idée du siècle avec un gamin de neuf ans à la nuit tombée, dans la mesure où il s'agit du quartier des putes et des yakuzas. Nous dînons finalement dans un petit izakaya de proximité qui nous délecte de ses gyozas, ramens et autres edamames. J'apprends à dire « délicieux » en japonais. *Oishii.*

La Femme et l'Enfant viennent au Japon pour la première fois. Nous procédons donc à la tournée des incontournables. La Tokyo Tower, non contente d'être un plagiat de la tour Eiffel, se prétend plus haute que l'édifice parisien alors qu'elle ne donne pas du tout cette impression. Je demande l'établissement d'une commission d'enquête pour vérifier ses dimensions.

La vue sur Tokyo, mégapole infinie, saisit le plus aguerri des voyageurs. Les temples noyés dans la forêt de gratte-ciel. Les centaines de kilomètres de bâti ininterrompu, qui empêchent d'imaginer cette même ville, en bois, calcinée par les raids aériens de 1945. Et dans le fond du paysage, cette montagne aux pentes douces et aux proportions parfaites couronnée d'un diadème de neige.

– Tu vois, fils, là-bas, c'est le mont Fuji-Yama.

– Non papa.

– Si, regarde bien.

– Non, on ne dit pas « mont Fuji-Yama », c'est un pléonasme. Yama, ça veut dire « montagne ».

On pourrait trouver sa leçon légèrement humiliante mais le fait est que j'éprouve une profonde satisfaction à l'idée que mon fils m'apprenne des choses. Cet Enfant va finir par nous faire l'école, ça nous fera des vacances. *Allez papa, lâche la tablette, c'est l'heure de réviser les tables de multiplication.*

(Le saviez-vous ? Le ~~mont~~ Fuji-Yama est un volcan et même un stratovolcan, pour être précis. Théoriquement en activité, sa dernière éruption remonte à 1707. Le risque est peu élevé même si, la veille, un tremblement de terre de faible magnitude – la routine ici – a causé la mort d'une personne. Le mec est tombé de son échelle. Ne bricolez jamais.)

Pour me protéger contre le mauvais sort, je fais une courbette devant l'autel shinto le plus haut de la ville avant de m'adonner au rituel laïc du selfie inutile à contre-jour. Puis, pour essayer une autre tradition japonaise, je me fais attacher. Saucissonné sur un plateau pivotant, casque de réalité virtuelle sur les yeux, je saute à l'élastique du sommet de la tour en essayant de ne pas hurler ; on a sa dignité – et la dignité, au Japon, ça compte.

(Parenthèse alimentaire. Cédant au lobbying de l'Enfant, nous nous engouffrons, honteux, dans un McDonald's. J'opte pour un Teriyaki McBurger et la Femme pour un Samurai Mac, preuve que les multinationales de la malbouffe savent adapter leur marketing aux particularismes locaux pour engendrer des populations d'obèses, même au Japon. Pas *oishii*.)

Arrêt devant la statue de Hachiko, chien célèbre pour avoir attendu son maître à la descente du train tous les jours, dix ans après sa mort, émouvant les riverains au point de devenir une vedette. Le toutou a assisté à l'inauguration de sa propre effigie qui, près d'un siècle plus tard, est toujours bombardée de photos. Que nous dit l'histoire de ce chien fidèle sur la psyché japonaise ? Allégorie de la loyauté, valeur structurante de la société ? (Oserais-je le parallèle avec l'histoire de Hiro Onoda, le militaire réfugié dans la jungle à la fin de la Seconde Guerre mondiale, refusant la reddition jusqu'en 1974 du fait d'un sens du devoir excessivement développé ?) Ou simple kawaïrie canine dans ce pays où un nombre beaucoup trop élevé de gens promènent leur clébard dans des poussettes, ~~ce qui me semble complètement wouf (vanne de trop bas niveau)~~. Le taux de natalité nippon est dérisoire.

Au Japon, on traite les animaux domestiques comme des personnes. Quand on se penche sur le soin apporté aux jardins et aux arbres, on est tenté de penser que les végétaux sont traités comme des animaux domestiques. Mais comment la société, qui prime sur l'individu, traite-t-elle les personnes ? Si on se fie au taux de suicide, on peut répondre : mal.

Prenons un café avec vue sur l'iconique passage piéton de Shibuya, image la plus célèbre de Tokyo, illustration du foisonnement et de la discipline collective nécessaire au fonctionnement de cette ville tentaculaire. Un Piccadilly Circus au carré, ballet réglé au métronome, légèrement hypnotisant, surtout quand il est traversé par une escouade de karts aux conducteurs déguisés en Mario, comme dans le jeu vidéo. Curieux mélange d'exubérance et de conformité. L'excentricité vestimentaire des adolescents contraste avec l'uniformité grisâtre des salarymen, ces samouraïs de l'ère capitaliste dans un Japon dont la structure sociale invisible reste subtilement féodale.

Shibuya est présenté comme le quartier branché de Tokyo, ce qui est faux. Ou alors branché comme Bastille à Paris, c'est-à-dire à la mode il y a vingt-cinq ans. Dans ce centre commercial clignotant à ciel ouvert, je choisis la voie du sacrifice. Ce sera journée shopping, une punition pour moi (ma phobie des magasins n'a d'égale que celle des objets). La Femme écume les 100-yens stores et autres boutiques GU, à la recherche du petit gadget sympa ou de la statuette de Bouddha que nous avons promise à notre fils (on ne la trouve pas). Moment de félicité pour l'Enfant auquel nous allouons un budget figurines. Le soin quasi religieux avec lequel il sélectionne ses jouets dans les gacha-gachas – des distributeurs de capsules. Sa frustration devant la machine à pinces parce que la peluche retombe toujours. Son sourire avec l'énorme barbe à papa multicolore.

– Alors, tu en penses quoi de Tokyo, fils ?

– Je sais pas, j'attends de goûter le kebab pour me prononcer.

Il n'y a pas d'enfants dans les magasins de jouets. Seulement des grandes personnes qui auscultent des Goldorak et des trains électriques avec nostalgie. En ville, une proportion non négligeable d'adultes trimballe un doudou accroché à son sac. J'ai repéré un supermarché de cartes Pokémon et on trouve des distributeurs de figurines dans le métro, en cas de panique. Des adolescentes en cosplay nous distribuent des prospectus pour des maid cafés, ces établissements qui plongent leurs clients dans un univers rose bonbon avec des animatrices grimées en soubrettes de mangas. On se réfugie dans l'enfance pour supporter l'étau de la pression sociale. L'industrie de la régression pèse lourd dans le PIB japonais.

À deux pas d'un temple bouddhiste, trois jeunes femmes de moins de vingt ans, vêtues en écolières, chantent sur fond de power pop à guitares en se trémoussant sur une chorégraphie suggestive. Public : des hommes entre deux âges aux cheveux gras s'époumonant sur les refrains et reproduisant les pas de danse qu'ils connaissent par cœur. Le célibataire houellebecquien version nippone offre un spectacle déconcertant, exultant sa libido dans une fan attitude malaisante pendant que les lolitas ministars, chair à branlette, gigotent avec consentement sous les téléobjectifs des misérables qui n'ont pas touché une femme depuis l'ère Meiji.

(Parenthèse historique. L'ère Meiji débute en 1868, conséquence du coup de pression du commodore américain Matthew Perry[1] en rade de Tokyo quinze ans plus tôt, bravant des siècles d'isolationnisme pointilleux pour faire basculer l'archipel dans une de ces accélérations dont l'Histoire a le secret.

– Ouvrez vos portes, les gars. On veut vous vendre des trucs.

– Désolé mais jamais. Les étrangers, on n'aime pas ça.

– Ouvrez vos portes ou on vous pète la gueule. Je vous préviens, nos canonnières sont plus grosses que les vôtres.

---

1. Aucun lien.

– Désolé. Dans ce cas-là, OK. Mais je vous préviens : on va connaître un développement fulgurant en vous copiant et on va passer du Moyen Âge à l'ère industrielle en un clin d'œil. On va tellement prendre la confiance qu'on va envahir la moitié de l'Asie et on vous attaquera par surprise en 1941.

– Ça marche, t'inquiète. Quatre ans plus tard, on testera sur vos villes le concept d'ère atomique. Vous ferez moins les malins.

– Désolé. L'ère quoi ? Ça n'existe pas, ton truc atomique, là. Oppenheimer est même pas né.

– Try me, bitch.

Fin de la parenthèse historique.)

Nous savourons le calme du Shinkansen, son confort, son culte de la ponctualité (je me souviens de l'histoire de ce conducteur de TGV japonais licencié pour être arrivé en gare avec deux minutes d'avance). À chaque fois qu'il entre ou sort d'un wagon, le contrôleur s'incline. À chaque fois. La joue collée à la vitre, je laisse défiler la mégapole qui refuse de s'interrompre, même à trois cents kilomètres heure, comme si son étendue était un gage de préservation. Sayonara Tokyo, nous n'avons fait que te frôler – mais il faudrait sept vies et mille pages pour t'embrasser. L'Enfant est frustré de ne pas avoir eu le temps de monter à la Skytree Tower, deuxième plus haut bâtiment jamais construit. Nous n'avons pas vu de combats de sumos. Ni le musée Ghibli, qu'il aurait fallu réserver un mois à l'avance. Peu importe. Voyager, par définition, c'est passer à côté.

À Kyoto, il tombe des katanas, une pluie lourde et incessante qui interdit toute tentative d'activité extérieure. J'écris dans la chambre qui donne sur la gare, avec vue sur le ballet ferroviaire. L'Enfant manipule ses figurines, plongeant Vegeta et Son Goku dans d'homériques récits de batailles ; on a tous besoin de se raconter des Iliades pour se structurer face à l'adversité. Il pourrait profiter de ces moments d'inaction pour rédiger le carnet de route qu'il est censé envoyer chaque semaine à sa classe. Au début, nous parvenions à lui faire écrire dix lignes, puis cinq, puis rien du tout. J'ai tenté d'insister mais tout parent sait que le passage en force se révèle contre-productif. (« Tu seras écrivain voyageur comme ton père et puis c'est tout » : ça ne marchera pas.)

Pendant ce temps, la Femme, bien décidée à faire danser nos papilles, repère les bonnes tables et marchés culinaires. Au Nishiki Market, qui présente l'avantage d'être couvert, nous goûtons le bœuf de Kobe en brochette accompagné de sa tomate cerise. Nous hésitons devant le poulpe fourré à l'œuf de caille et autres friandises impossibles à identifier. Soyons des aventuriers de la gastronomie et laissons-nous surprendre. Qui veut tenter le pot-au-feu de méduse ? L'Enfant réclame des fraises mais je fais appel à son sens de la responsabilité climatique pour refuser (elles coûtaient un bras). Nous finissons ce soir-là dans un restaurant à tapas et nous voici, dans un grand moment d'exotisme, en train de manger du roquefort en écoutant du flamenco au Japon. J'ai oublié de préciser qu'avant de quitter Tokyo, nous avons dégusté un kebab. Il était *oishii.*

Kyoto fait fantasmer la Femme depuis que je la connais. Nicolas Bouvier est d'accord avec elle : « Je mettrais volontiers Kyoto au nombre des dix villes du monde où il vaille la peine de vivre quelque temps », glisse-t-il dans sa *Chronique japonaise*. J'ajouterai que peu d'endroits suscitent autant l'envie de composer des haïkus, cet art de l'émerveillement fugace qui tente de condenser l'univers en dix-sept pieds.

Dix mille ans de zen
Se fondent dans le tourbillon
De ma soupe miso[1]

L'ancienne capitale impériale, constellée de palais et de sanctuaires, cœur symbolique de la civilisation japonaise, figurait parmi les cibles potentielles en août 1945. Elle a été sauvée de justesse par l'intervention d'un conseiller français

1. NdlF : Bien tenté.

expliquant en substance ceci au commandement américain : « L'humanité ne vous pardonnera jamais la destruction de ce chef-d'œuvre. » Kyoto a été rayée de la liste, et Hiroshima de la carte.

Quand la pluie cesse, nous arpentons les trésors préservés de la ville. La Femme établit un programme de visite, ce que je considère comme une victoire intime. Depuis des semaines, je suis le guide, l'homme GPS. Elle se laissait porter. Ses vacances à elle : ne plus prendre de décisions. (On connaît des histoires de burn-out qui se déclenchent ainsi : on doit choisir entre une glace au chocolat et une glace à la vanille et, incapable de se décider, on fond en larmes.) La Femme en était au stade « ne me demandez plus rien » de la saturation mentale. Depuis, le voyage a fait son effet. Elle reprend les rênes.

Visitons, visitons le Kinkaku-ji, temple du pavillon d'Or et ses reliques de Bouddha qu'il aurait en effet été dommage de vitrifier.

Marchons, marchons vers Gion, le quartier des geishas, muséifié au point de susciter mon désintérêt le plus respectueux – ou alors je suis passé à côté.

Montons, montons vers le sanctuaire shinto Yasaka-jinja qui s'illumine de mille lampions calligraphiés quand le jour s'efface. L'Enfant fait tinter des cloches et s'amuse des rituels porte-bonheur avant de s'étonner de la présence de croix gammées sur un temple bouddhiste ; je lui explique comment le svastika, symbole solaire répandu en Asie (et appelé manji au Japon), a été détourné par les nazis.

Allons, allons voir ce fameux Fushimi Inari, le sanctuaire aux milliers de toris vermillon, qui postule au titre de deuxième cliché nippon le plus répandu après le Fuji-Yama. Le site est unique et la foule au rendez-vous. Chacun doit ruser pour obtenir sa photo des jolis toris sans présence humaine parasite, pas une mince affaire. Nous ne montons pas jusqu'au sommet pour cause de temps qui nous est compté, lors de cette journée comme dans l'existence. L'Enfant nous fait promettre de ne plus jamais lui faire visiter de temple.

Trop de splendeur altère la splendeur. Nicolas Bouvier est d'accord avec moi, qui décrit Kyoto comme « une de ces villes d'art un brin exténuée d'avoir trop été [...], où la densité culturelle est si forte que, tout occupé de savoir, de distinguer, d'apprendre, on n'a parfois plus le temps de sentir ».

Nous filons à Osaka car c'est la porte à côté, trente minutes de train pour rejoindre un autre versant de l'immense conurbation du Keihanshin (Kyoto-Kobe-Osaka, une vingtaine de millions d'âmes). Nous déambulons dans les rues commerçantes du quartier de Dotonbori, longeons le petit canal qui traverse le centre-ville aux enseignes géantes dont les néons criards me semblent soudain dépassés. Curieuse impression d'évoluer en 1997. Alors que le Japon charrie une image d'hypermodernité avec sa high-tech, ses robots et ses toilettes de science-fiction (d'un point de vue européen), ses mégapoles nous laissent un goût de vintage. Les infrastructures, l'urbanisme, les bâtiments sentent le XXe siècle. Alors que la Chine ou le Vietnam scintillent de leur croissance des années 2000, ce Japon érigé durant les Trente Glorieuses se patine. L'usure des murs, des revêtements, des matières, même bien entretenus, nous renvoie à ce que nous sommes, des données périssables.

C'est ici, au milieu des gratte-ciel, que je m'imprègne du wabi-sabi, cette notion ancrée dans la philosophie zen médiévale qui désigne à la fois un penchant esthétique et une disposition spirituelle. Le wabi traduit la simplicité, la noblesse du minimalisme. Le sabi, c'est l'attrait pour l'érosion naturelle du vécu. En combinant les deux, dans un art de l'imperfection et de l'épure, le wabi-sabi célèbre l'impermanence des choses et la beauté du temps qui fane. Dans le regard que l'on pose sur un jardin, une œuvre, un humain, le défaut met en relief la qualité du tout. La faille est une composante de l'harmonie. La ride contient une histoire.

La quête de perfection, chimère, nous condamne à l'insatisfaction. Le wabi-sabi, lui, vise à la plénitude par l'acceptation. Ce concept parle à l'homme mûr que je suis désormais et qui redoute confusément la possibilité de devenir un vieux schnoque.

Embrassons nos fêlures, elles sont notre histoire. Accueillons nos flétrissures, elles sont notre avenir. C'est en tentant de les dissimuler qu'elles deviennent hideuses.

C'est bien beau de méditer sur la fuite du temps, mais il faut aussi songer à nourrir notre fils et cela tombe bien car Osaka est réputée pour sa gastronomie et sa pléthore de restaurants. Nous tournons pendant une heure à la recherche de l'établissement typique idéal. Nous nous étiolons dans l'embarras du choix. La profusion nous éreinte, c'est l'enseignement du wabi.

Il nous faut aussi trouver une carte lisible. Les menus en kanjis sont sources de mystère et Google Lens, traducteur approximatif, ne produit pas toujours de miracle. Il nous arrive de ne pas avoir la moindre idée de ce qui se trouve dans notre assiette. Nous échouons dans une gargote pas terrible où, dans notre box aux cloisons coulissantes, nous boulottons des brochettes de poulpe alors que nous espérions des ramens. L'acceptation nous grandit, c'est l'enseignement du sabi. Il est déjà bien tard, nous filons à la gare, après une journée trop longue où nous avons marché 26 000 pas.

Le Shinkansen fait escale à Okayama à 14 h 23. Je connais cette ville, c'est celle du professeur Yamamoto, personnage d'un documentaire signé

Kazuhiro Sōda. Professeur Yamamoto est psychiatre, il a quatre-vingt-deux ans et il va cesser d'exercer. Ses patients sont dévastés : comment vont-ils faire sans cet homme qui les a aidés à supporter l'existence malgré les affres de leurs pathologies pendant toutes ces années ? Pionnier d'une psychiatrie à visage humain, le papi souriant prodigue ses dernières recommandations. Réduire son désir à zéro, viser l'état de gratitude, même quand on souffre, car c'est là la preuve que nous sommes vivants. À travers son héros, minuscule vieillard à barbe blanche et au pas hésitant qui illumine son entourage, *Professeur Yamamoto part à la retraite* donne à voir un Japon provincial peu montré chez nous, celui des malades et des soignants. C'est du cinéma brut et dépouillé, tourné au plus près, qui assume les bougés et les zooms grossiers, un long film intimiste, anticommercial au possible quoique doté d'une vertu feel-good, miraculeusement parvenu jusqu'aux salles de cinéma françaises. Après une vie de travail dédié aux autres, le vieux psychiatre empathique consacre ses derniers souffles à accompagner son épouse Yoshiko, frappée par Alzheimer. Un demi-siècle de vie commune et l'être aimé, sans mémoire, n'est plus lui-même. Tout est effacé. Ils marchent sur le chemin, main dans la main, avançant vers la fin, elle paumée, lui qui ne vit plus que pour la guider et la rassurer, sans jamais se départir de sa douceur, de son espièglerie, de la flamme vitale qui habite son regard. Femme, on fera ça l'un pour l'autre ?.

La mémoire, matière malléable et périssable, nous joue facilement des tours. En découle la nécessité d'écrire, de se constituer des récits familiaux ou collectifs, socles communs sur lesquels nous nous inventons. La mémoire est un sport d'équipe. Le voyageur, pour peu qu'il fasse partie de l'humanité, ne peut faire l'économie de certains détours historiques. J'ai visité Dachau en voyage scolaire, Yad Vashem tout seul, l'île de Gorée au Sénégal et le musée de l'Apartheid à Johannesbourg, petit tour du monde du tragique qui se poursuit aujourd'hui à Hiroshima.

Faut-il aller au mémorial de la Paix avec un enfant de neuf ans ? Nous décidons que : oui. Je suis déjà venu dix ans plus tôt. Dans mon souvenir, le mémorial est moins traumatisant que le S21 des Khmers rouges dont nous lui avons épargné la visite à Phnom Penh. J'espère qu'ici l'aspect pédagogique l'emportera sur le reste. L'Enfant, muni de l'audioguide dont il écoute scrupuleusement tous les chapitres, suit le parcours avec gravité. Il demande à voir une deuxième fois l'animation reproduisant la déflagration atomique sur la ville martyre. Je regrette vite notre choix d'avoir emmené l'Enfant en mesurant l'effet que la visite produit sur moi, l'adulte. Les corps d'enfants brûlés le 6 août 1945 : je détourne le regard.

L'histoire de la petite Sadako Sasaki, morte d'une leucémie à douze ans en 1955 et dont le destin a inspiré le monument de la Paix des enfants : ventre noué. Le petit tricycle carbonisé : je m'en souviens, j'avais déjà versé une larme la première fois. Il y a dix ans, la visite du mémorial m'avait bousculé. Mais pas autant, pas aussi intimement. Depuis, je suis devenu père. On ne visite pas pareil.

Nous abrégeons pour aller nous réconforter à la cafétéria voisine. L'Enfant prend un hot dog et la Femme un thé, j'opte pour une madeleine. Dehors, la pluie est lourde et le ciel absent. Cafard. Il ne reste plus qu'à arpenter la ville en bus, en silence et sous les cordes. Hiroshima, on s'en doute, est une cité neuve, carrée, sans charme et sans autre intérêt flagrant que sa charge symbolique. Ennuyeuse comme un dialogue de Marguerite Duras. On n'a rien vu à Hiroshima.

Nous longeons la mer intérieure à bord du Shinkansen, le contrôleur s'incline toujours chaque fois qu'il entre, chaque fois qu'il sort. J'écoute mon podcast sur les neurosciences qui m'apprend que l'empathie se développe fortement entre huit et dix ans et qu'il existe une corrélation entre celle-ci et l'apprentissage du second degré. Car, pour décrypter l'ironie, il faut savoir se mettre à la place du locuteur. Être drôle ne fait pas automatiquement de vous quelqu'un de bien.

Mais si vous êtes incapable d'humour, il est possible que vous soyez un psychopathe.

L'Enfant jubile car il vient de débloquer un niveau dans son jeu vidéo préféré. La Femme le ramène au réel :

– À la fin de ta partie, il faudra faire les devoirs.

– Oui, enfin non, je les ferai plus tard.

J'arrive en renfort pour consolider le front parental :

– On te prévient, dans cinq minutes on reprend la tablette.

– Quand tu dis cinq minutes, tu veux dire vingt ou trente, c'est ça ?

(Pour le second degré, il n'est pas mal parti.)

– Non, cinq vraies minutes.

L'Enfant me dévisage et se récrie, sans pouvoir réprimer un sourire en coin :

– C'est de la maltraitance.

J'explose de rire ; il enchaîne :

– Papa, je te rappelle que les enfants ont des droits.

Là, c'est de la mauvaise foi, mais il a raison. La convention internationale des droits de l'enfant de l'Unicef a été ratifiée par 197 pays (seuls les États-Unis manquent à l'appel). Elle récapitule tout ce qui devrait être garanti au plus jeune âge, protection, santé et éducation. J'ajouterais volontiers un alinéa sur le droit à l'insouciance.

Nous avons banni les informations radio et télé de notre foyer. Un enfant n'a pas besoin de prendre son petit-déjeuner sur fond de massacre en Ukraine ou au Moyen-Orient et nous aurions sans doute mieux fait de l'emmener dans un parc d'attractions plutôt qu'au musée de la bombe atomique. Il affrontera la violence de l'époque bien assez tôt, laissez-lui encore quelques années d'innocence, s'il vous plaît.

« Nous exigeons trop de nos enfants », affirme le vieux père dans le *Voyage à Tokyo* d'Ozu, classique de 1953 annonçant la désintégration des structures familiales traditionnelles et les grandes solitudes du Japon moderne. Une idée rabâchée au XXIe siècle : les enfants vont sauver le monde. On le leur martèle. N'est-ce pas faire peser sur leurs frêles épaules un poids bien lourd, une responsabilité qu'ils ne pourront pas assumer, planter les graines d'une culpabilité poisseuse qui promet de mauvaises dépressions adolescentes ? Tu peux jouer vingt minutes supplémentaires, fils.

La question de l'insouciance concerne aussi les adultes. Elle s'invite à chaque chapitre : a-t-on le droit au bonheur, quand le spectacle de la souffrance envahit nos quotidiens ? On peut vous en vouloir de jeter votre félicité à la face du monde. « Quelle chance tu as », soupire-t-on quand j'explique que je vis de mes voyages. Je suis un privilégié qui ne possède rien. Ma chance, je ne la vole à personne. Le bonheur n'est pas un égoïsme, si l'on n'ajoute pas au malheur sur son chemin.

À la culpabilité et au dolorisme chrétiens, souche des morales contemporaines, je privilégie la quête de l'équilibre zen. Et quitte à être naïf, j'adopte la posture de Prévert : « Il faudrait essayer d'être heureux, ne serait-ce que pour montrer l'exemple. »

(Le lecteur attentif aura peut-être remarqué que je racontais à peu près l'inverse quelques chapitres plus tôt, en Thaïlande, quand j'ironisais sur les sentences niaises et les sagesses à deux balles de la pensée positive. Flagrant délit de contradiction, si vous voulez. Ou preuve que le voyage transforme un homme.)

Fukuoka est dénuée d'atours touristiques et c'est reposant. Aucun lieu à cocher dans cette ville que je n'aurais pas su situer sur une carte avant ce voyage. Fukuoka est pourtant la plus grande agglomération de Kyūshū, la deuxième île du Japon, le cinquième archipel du monde. Si j'en crois une amie japonaise de Paris, il ne faut pas rater le Hakata ramen, spécialité culinaire du coin. Dans notre faim de Japon, nous avons trop cavalé ces derniers temps. Nous nous posons quelques jours dans une location pour profiter d'un quotidien et se sentir chez nous à 9 500 kilomètres de chez nous. Faire ses courses au konbini 7-Eleven à l'angle de la rue. Se promener sans but, dans le flottement du lointain. Traverser la ville jusqu'à la plage sans touristes. Monter sur un pédalo en forme de cygne. Se laisser porter. Jusqu'à demain.

Je relis mes notes dans un café pendant que la Femme et l'Enfant vagabondent en ville. À leur retour, je râle en prenant connaissance de l'achat d'un nouveau carnet dont l'Enfant n'a pas besoin, car il en a déjà un et s'en sert peu. Je râle moins quand je vois l'Enfant le noircir chaque soir, de manière compulsive, pour tenir le journal de bord qu'il rechignait à remplir jusqu'ici. Celui-ci, c'est son journal à lui. Pas celui qu'il doit écrire, celui qu'il veut écrire. Il déroule des pages et des pages de textes, dont l'orthographe me donne des envies de seppuku et que je ne corrige pas pour éviter de contrarier son élan créatif, des pages drôlement spontanées et animées d'un souffle personnel. « À Tokyo, on a vu un super passage piéton et j'ai mangé un super kebab. » Il en ressort qu'il trouve les Japonais « pas du tout organisés » et ce voyage « trop cool ».

Oui, elle était sacrément belle, cette virée au pays du Soleil levant, et nous la chérissons à ce titre car nul ne peut dire ce que l'avenir nous réserve (l'interdiction de prendre l'avion, une guerre nucléaire, des implants capillaires ?). Je range soigneusement ces moments japonais dans la case bonheur de ma mémoire, que j'ouvrirai aux jours pluvieux en caressant ma chance.

Archipel d'Orient
Océan de confettis
Je te remercie

Épisode coréen, où il est question de terre natale

Il faut arriver à Busan par la mer. Figurez-vous qu'elle est debout, leur ville, avec des milliers de tours au garde-à-vous en rangs serrés sur les reliefs pour abriter tous ces millions de Coréens sur leur menue péninsule – il est dense, ce pays. Partout, des grues, des empilements de containers, des cargos gigantesques qui nourrissent d'interminables installations portuaires – on ne chôme pas par ici. C'est la Corée, bébé : on bosse sans arrêt, on innove à gogo, on n'est pas peu fier d'être moderne. Busan postule pour accueillir l'Exposition universelle de 2030 et elle le clame sur tous les toits. Le futur, c'est ici que ça se passe et il faut que ça se sache. Quant à nous, nous plongeons vers le passé.

La Femme pose le pied sur sa terre natale pour la première fois depuis quarante ans. Le moment est-il solennel ? Certainement, si l'on considère comme solennel le fait d'acheter une carte SIM et d'attraper un taxi pour se rendre à l'hôtel.

Rappelons l'histoire : la Femme est née en Corée du Sud, a été adoptée à l'âge de dix-huit mois, a grandi et vécu en France toute sa vie. Enfance heureuse chez ses parents adoptifs. La Femme est cent pour cent coréenne physiquement, cent pour cent française culturellement. Aucun souvenir, aucune sensation, aucune bribe de langage ne la relie à ce pays. « Comment on dit *bonjour* déjà en coréen ? »

Contrairement à bien des adoptés, la Femme n'a jamais manifesté d'intérêt pour son pays de naissance. Elle a passé quatre décennies dans une sorte de stase identitaire, d'équilibre maintenu par le point d'interrogation de ses gènes. Pourquoi le bousculer si on n'en ressent pas le besoin, si aucune souffrance n'appelle à l'action ?

Elle n'avait jamais ouvert son dossier d'adoption, qui prenait la poussière dans le garage de ses parents depuis tout ce temps. À l'approche de ce voyage, quand même, elle y a jeté un coup d'œil. Ça ne disait pas grand-chose, rien qu'elle ne sache déjà. Aucune mention des parents biologiques, bien entendu.

En embarquant dans ce périple, nous n'étions pas certains de venir en Corée. Ce n'était pas un objectif, plutôt une hypothèse. Une idée qui traînait dans l'air.

Depuis qu'elle est mère, la Femme évoque de temps en temps l'envie d'un séjour dans la péninsule, « quand l'Enfant aura dix ans ». Il en a neuf. Oui, mais le système coréen de calcul de l'âge diffère du nôtre (pour résumer simplement : on ajoute un an pour compter à partir de la conception). Ici, notre fils a dix ans.

La relation de l'Enfant à la Corée est pour ainsi dire inexistante. À ses yeux, c'est un pays comme un autre. Il sait qu'il porte l'Asie sur son visage – les autres se chargent de le lui rappeler. Il connaît l'histoire de sa mère. Mais c'est lointain pour elle et ça l'est encore plus pour lui. Ni rejet ni connexion spéciale. Il s'intéresse plus aux mangas japonais qu'à la K-pop. C'est à peine s'il consent à soutenir la Corée à la Coupe du monde de football. Pas facile d'anticiper ce que ce séjour pourrait remuer chez lui, chez elle.

« J'ai envie de me faire percer les oreilles. » Comme ça, d'un coup. Des années de vie commune, aucune mention d'une quelconque volonté de trouer ses lobes. Et là, soudain, dans le taxi. Le jour de son arrivée en Corée. Comme par hasard. Le psychanalyste amateur en moi saisit le signe formulé et son contexte, s'y accroche comme à une clé menant à l'inconscient de la Femme. Il faut comprendre que, depuis que je la connais, je guette (je redoute ?) chez cette personne une crise qui n'arrive jamais. Je ne suis pas le seul. Le reste du monde se plaît à lui attribuer un traumatisme enfoui. Avec ce voyage, son entourage attend d'elle un récit du retour aux origines, avec si possible révélation cathartique et tout le toutim. Il faut avouer que ça m'arrangerait bien, en tant que narrateur. Ça ferait une chute idéale : la Femme se reconnectant à la Coréenne en elle, trouvant la paix dans un temple où elle viendrait accomplir un rituel réconciliateur avec ses parents biologiques qu'elle aurait retrouvés au bout d'une quête poignante et libératrice. C'est bon ça, coco. Ça s'adapte au cinéma, ça. Le problème, c'est qu'elle s'en fout. La Femme vient ici en touriste.

Elle n'a pas l'air d'une touriste quand nous nous promenons dans Seomyeon, le quartier commerçant où nous logeons. Elle se fond facilement dans le décor. Très homogène ethniquement, la Corée du Sud offre peu de diversité visuelle. Nous sommes frappés par la pléthore de cliniques de chirurgie esthétique qui chaque jour remodèlent les paupières, les pommettes, les mâchoires de gamines tétanisées à l'idée de ne pas être parfaites comme une chanteuse de K-pop. Ce pays engendre des standards qui font fantasmer la jeunesse sur tous les continents. Avec ses groupes, ses séries, ses manhwas, l'hallyu (la vague culturelle coréenne) est devenue le soft power le plus puissant depuis Hollywood. Elle déferle sur la planète et dans les chambres adolescentes, alors vite, planifions une rhinoplastie – cadeau fréquemment offert par les parents à leurs rejetons pour l'obtention de leurs diplômes. Une femme sur trois est retouchée. La pression s'exerce aussi sur les corps masculins. Jamais vu autant de publicités exhibant des torses bodybuildés, huileux, irréels. L'image est toute-puissante. À chaque coin de rue, on trouve des photobox, ces photomatons géants, cabines à selfies agrémentées d'accessoires pour se déguiser. Un Snapchat tactile pour imprimer une version augmentée de soi-même.

La Corée ne détient certes pas le monopole de l'obsession narcissique, mais on sent plus qu'ailleurs ce tiraillement entre le besoin de se conformer et celui de se distinguer. Nous croisons de nombreuses jeunes femmes vêtues de manière conventionnelle, voire stricte, qui arborent sur leur frange un énorme bigoudi, magnifiquement saugrenu. Plus qu'une mode, apprenons-nous, c'est un geste politique moquant les conventions vestimentaires prévalant dans cette société (vraiment) patriarcale. Un message féministe qu'on pourrait traduire par : je joue le jeu (avec un tailleur bien sage pour aller au bureau) mais je vous fais un doigt d'honneur (avec mon bigoudi bizarre). On a presque envie de parler de révolution permanente.

Il est toujours stimulant de se confronter aux nouvelles tendances. On fertilise sa pensée, des concepts surgissent. L'idée qui m'assaille, en l'occurrence, est la suivante : et si je m'offrais une injection de botox ? Une petite, pour commencer.

Après tout, il faut revenir transformé d'un voyage. Il se trouve que je cherche désespérément une activité pour marquer ma future crise de la cinquantaine. Sachant que les Porsche et les lolitas ne m'intéressent pas, la chirurgie esthétique pourrait être une piste à étudier[1]. Ou au moins un tatouage ? (Je pourrais orner mon torse d'un tatou, l'animal, pour créer une homophonie sur ma peau.) Et si je tentais le bigoudi ? Ou, encore mieux, une transition de genre ?

– Tu m'aimerais toujours si je devenais une meuf botoxée et tatouée avec un bigoudi pour ma crise de la cinquantaine ?

La Femme soupire.

– Je suis pas sûre, non.

J'aurais dû m'en douter. Elle avait déjà menacé de me quitter quand je m'étais fait pousser la moustache en 2017. L'Enfant, que mes divagations amusent, s'interroge à voix haute :

– Moi je me demande ce que je vais faire pour ma crise de la dizaine.

Il faut survoler la ville sur des ponts monumentaux pour arriver à Haeundae, la zone balnéaire de Busan aux tours de verre toisant le littoral, croisette accueillant chaque année son fameux festival de cinéma, où un gars avec une guitare est en

1. NdlF : Au Japon, tu disais qu'il fallait « accueillir nos flétrissures » pour emprunter la voie du zen.

train de malmener une chanson d'Oasis qui ne lui avait rien fait. (C'est prouvé scientifiquement : il y a en permanence sur cette planète un gars qui massacre *Wonderwall*.) Litanie d'hôtels, de galeries d'art, de casinos sur le front de mer. Plage envahie de châteaux de sable aux dimensions pharaoniques, édifiés au bulldozer et fignolés au pinceau pour promouvoir l'Exposition universelle. Le quartier avait une autre allure à la fin des années 1970, quand Rinny Gremaud y a vécu ses toutes premières années. L'écrivaine suisse, née ici d'une mère coréenne et d'un père gallois qu'elle n'a pas connu, livre dans *Generator* le récit subtil d'une quête des origines qui la mène sur trois continents et dont certains passages résonnent puissamment avec l'histoire de la Femme : « J'ai grandi dans la familiarité des hypothèses, j'ai métabolisé les ombres. Pour moitié constitué d'inconnu, chaque brin de mon ADN est tressé de questions auxquelles je n'ai jamais cherché de réponses. »

Au moment où j'écris ces lignes, alors que nous nous trouvons en Corée depuis une bonne semaine, la Femme déclare de but en blanc :

« Maintenant qu'on est ici, on pourrait peut-être contacter l'organisme d'adoption à Séoul, non ? »

Nous y voilà.

La Femme se demande s'il faut mettre un terme à la stratégie d'évitement qui lui a très bien réussi jusqu'à présent. Doit-elle ouvrir le couvercle ? On ignore ce qui se cache dessous. Et une fois ouvert, plus moyen de le refermer. Elle hésite. S'esquive elle-même. Me consulte. Je pèse mes mots, je ne veux pas trop influer :

« C'est entre toi et toi. Il n'y a ni bonne ni mauvaise décision. »

Elle m'a demandé de rédiger le mail avec elle.

« On verra bien s'ils répondent. »

Il faut arriver à Chungju par le train, pour traverser la Corée profonde, celle des petites villes coincées entre des montagnes basses quoique suffisamment élevées pour boucher l'horizon. Des usines et des rizières, des églises et des carrières, sous un ciel brumeux d'Extrême-Orient.

La Femme est plongée dans son roman, comme si elle se forçait à ne pas regarder ce paysage qui la concerne. L'Enfant passe le temps en jouant au youtubeur. Il se filme dans d'interminables logorrhées où il est question de football, de jeux vidéo, de voyages et de *nonsense*, qu'il conclut invariablement par « laissez vos commentaires ». Il déploie des mondes imaginaires, se fait mille films, se bat tout seul, échafaude des stratagèmes pour « devenir riche », tire des plans sur de nombreuses comètes. Parfois, il rappe. Cet enfant est créatif et il veut rentrer maintenant, car sa terre natale lui manque.

La principale caractéristique de Chungju est de ne présenter aucun intérêt spécifique. Une ville de province de deux cent mille habitants, disons Limoges sans la porcelaine. Notons néanmoins que Chungju a vu naître Ban Ki-moon (ancien secrétaire général des Nations unies) et la Femme (ancienne directrice de la communication de Viva Music). Nous découvrons les rues où elle aurait dû grandir, à un coup de dés du destin près, en constatant qu'on est bien sortis des sentiers battus, là. Aucun touriste, aucun étranger en vue, à part quelques échassiers migrateurs venus s'abreuver à la rivière. Peut-être bien des cigognes – ces oiseaux qui apportent les enfants. C'est une simple balade, sans autre but que de humer l'atmosphère, sauf qu'on ne peut s'empêcher de penser, en voyant les mamies au bord de l'eau : « Et si c'était ta mère ? »

On en plaisante. « Le serveur au restaurant, c'était peut-être ton cousin », s'amuse l'Enfant. On en plaisante mais c'est vertigineux. Il est possible voire plausible que dans ces rues vive une femme d'une soixantaine d'années qui au fond de son cœur porte une enfant qu'elle a portée dans son ventre, il y a si longtemps, et qu'elle a dû confier à d'autres. Peut-être. Peut-être pas.

Comme nous n'avons rien de mieux à faire, nous nous rendons dans un parc qui abrite une pagode à sept étages classée monument national numéro 27.

Elle se trouve au bord d'un lac tellement mignon qu'on vient y tourner des K-dramas. Décor bucolique, si l'on fait abstraction du vacarme des F-16 tournoyant dans le ciel pour rappeler que ce pays reste officiellement en guerre et qu'il vit sous la menace des cinglés qui dirigent ses voisins du Nord. Déjeuner dans l'herbe, température idéale et soleil caressant. On se salit les doigts en dévorant des ailes de poulet, on récite des capitales, on fait un tour à l'aire de jeux. Nous savourons pleinement le fait de n'avoir aucun objectif et nous sommes heureux. On a fait un beau voyage, tous les trois. On va bientôt revenir chez nous.

Nous nous installons à la terrasse d'un café, la Femme reçoit un mail. Il vient de l'organisme qui s'est occupé de son adoption.

Chère madame,

Nous avons bien reçu votre message et nous serions ravis de donner suite à votre demande. Seriez-vous disponible pour un rendez-vous à Séoul la semaine prochaine ?

Cordialement.

Il faut arriver à Séoul par la route, afin de ressentir physiquement ce que signifie l'expression *capitale hydrocéphale*. Cette ville mange la moitié de la population du pays et c'est notre dernière étape. La Femme oublie son téléphone en descendant du bus, la veille de son entretien, alors que ça ne lui arrive jamais. On ne me fera pas croire qu'il ne s'agit pas d'un acte manqué.

Engouffrons-nous sous la ville pour esquiver ses embouteillages, dans ce métro muni d'abris antiaériens et de distributeurs de masque à gaz. C'est tout à fait alarmant, le nombre de gens qui, à toute heure, dorment dans les wagons. Nous avions déjà noté que les réceptionnistes des hôtels nous accueillaient affalés sur leur comptoir, un filet de bave aux lèvres. La durée légale du travail s'élève à cinquante-deux heures par semaine et le gouvernement vient de proposer une loi la fixant à soixante-neuf heures (loi rejetée, quand même). Une culture de la performance généralisée qui a participé du miracle économique sud-coréen comme à son côté obscur, le *gwarosa*, expression créée pour décrire la mort par surmenage. En parcourant la jeune littérature contemporaine, on apprend le mot *chungsil*, qui traduit le dévouement total à son entreprise, au point de tout lui sacrifier (concept qui ne nous est pas totalement étranger) et on peut lire des phrases comme : « Les Coréens ne sont pas très concernés par le bonheur. » On décèle comme un burn-out généralisé. Ce pays est épuisé.

Il tient à coups de soju, ce spiritueux qu'on boit en groupe en sortant du bureau dans des proportions gargantuesques pour relâcher la pression – ce serait l'alcool le plus vendu au monde. Scène vue lors de mon précédent séjour à Séoul : un salaryman quinquagénaire en costume-cravate effondré sur un banc à 4 heures du matin, son attaché-case en main, le pantalon maculé d'une grande tache de pisse.

Station Jamsil. Le métro débouche à l'intérieur du Lotte World Mall, jouxtant le Lotte Museum et le Lotte Hotel dans la Lotte Tower qui, du haut de ses 555 mètres, étend son ombre sur la ville (le chiffre d'affaires du conglomérat Lotte se monte à une cinquantaine de milliards de dollars par an, soit environ trois fois le PIB du Laos). Dans le centre commercial pavoisent Louis Vuitton, Dior et Chanel. L'Enfant s'enorgueillit de voir les emblèmes de la France si bien représentés et il trouve par ailleurs que Bernard Arnault est *trop cool* en tant qu'homme le plus riche du monde. Dire que j'ai enclenché ce voyage dans une optique décroissante. C'est, sur ce plan, un échec cuisant.

Station Gangnam. Le Beverly Hills séoulien, moqué par le chanteur Psy dont le tube, devenu le premier hit mondial non issu du monde anglo-saxon, cumule cinq milliards de vues sur YouTube. L'Enfant s'illumine et imite la danse du cheval popularisée par le clip, ce qui doit être l'équivalent d'un touriste coréen qui se mettrait à chanter Joe Dassin en apercevant la station Champs-Élysées. Je fais semblant de ne pas connaître cet enfant.

Station Hongdae. Le quartier universitaire et festif, surplombé par le Samsung Store que nous esquivons pour nous faufiler dans les ruelles où nous découvrons que des humains ont eu l'idée d'ouvrir un café à suricates. C'est dans ce coin que se niche notre auberge de jeunesse, tenue par Chris, bodybuilder gay aussi attentionné que bavard. Il est estomaqué que nous venions de Chungju.

– Mais pourquoi êtes-vous allés là-bas ?

– C'est ma ville de naissance.

La réaction de Chris, mêlant la gêne et l'intérêt, traduit l'embarras national vis-à-vis des Coréens adoptés. Pendant des décennies, des centaines de milliers de gamins ont été refourgués à l'étranger. Des gamins aux yeux bridés qui ont grandi en Occident, dépareillés sur la photo de famille, en se faisant traiter de Chinetoques à la récré – ce qui ne les empêche pas de finir ministres à l'occasion. La Corée du XXIe siècle, douzième puissance économique et plus faible taux de natalité au monde, baisse les yeux devant l'image que lui renvoie ce rétroviseur.

Je lève la tête : station Holt International. L'arrêt de métro porte le nom de l'ONG américaine par laquelle transitent les adoptions en Corée depuis les années 1950. Un service post-adoption, gratuit, propose de répondre aux deux ou trois questions que certains peuvent légitimement se poser (comme : qui suis-je ?). La Femme sait qui elle est. Ce qu'elle ne sait pas, c'est ce qu'elle vient chercher ici, écartelée entre sa part qui *veut savoir* et son système qui fonctionne *sans savoir*.

Les locaux de Holt sont répartis sur plusieurs bâtiments, nous peinons à trouver l'adresse précise. Nous ne sommes pas en avance. La Femme piétine, fouille dans son sac, allume une cigarette. Elle serait tout à fait capable de rebrousser chemin, si son instinct le lui intimait. Un agent de sécurité, nous voyant hésiter, vient à notre rencontre. Il nous fait signe de le suivre, nous indique la voie et l'immeuble que nous cherchons. Nous nous présentons à l'accueil, prenons l'ascenseur, arrivons devant un bureau dont la porte s'ouvre. Voilà, on ne peut plus reculer.

Nous sommes reçus par un trentenaire en costume chiffonné. Il est anglophone, fatigué et, sans surprise, s'appelle Kim (un cinquième de la population porte ce nom). C'est lui qui a répondu au mail de la Femme, il connaît la raison de sa venue. Il nous salue poliment, sans entrain excessif, avant de nous conduire vers une petite salle de réunion anonyme. Deux tables, trois étagères remplies de dossiers et de photos encadrées montrant des enfants souriants. Un beau livre célébrant l'action de l'association. Une boîte de mouchoirs, posée en évidence.

Kim demande le passeport de la Femme, dont il fait une photocopie, et nous tend des verres d'eau. Il s'éclipse pour revenir quelques instants plus tard avec son dossier d'adoption, que nous connaissons déjà mais dont certains passages sont elliptiques et les traductions sibyllines. Les explications de Kim permettent de les clarifier. L'entretien dure une heure durant laquelle le couvercle s'entrouvre. Des questions sont posées, des réponses sont données. Kim débite son propos d'un ton à la fois compassé et administratif ; ça sent la routine. Je prends des notes pour que rien ne s'échappe. L'Enfant dessine calmement dans un coin de la pièce. La Femme écoute, visage impassible. Situation étrange pour elle : un inconnu, un homme plus jeune qu'elle n'a jamais vu et ne reverra jamais, lui fournit des informations significatives sur sa propre existence. Elle découvre où elle a vécu la première année de sa vie. Les noms de famille, l'année de naissance de ses géniteurs. D'autres choses qui ne regardent qu'elle.

– Souhaitez-vous que nous enclenchions la procédure pour tenter de contacter votre mère biologique ?

La main de la Femme se crispe autour de son gobelet. Je visualise le gouffre qui s'ouvre sous ses pieds. De longues secondes s'égrènent dans le silence. L'Enfant lève un œil vers la scène.

– Non.

Non, elle ne souhaite pas soulever ce couvercle. Pas pour le moment.

Bien. L'essentiel a été dit. Un petit ange passe de nouveau. Kim s'agite imperceptiblement sur sa chaise, langage corporel nous signifiant son envie de partir en week-end.

– Vous avez beaucoup de rendez-vous comme celui-ci ? demande la Femme.

– Vous êtes la quatrième aujourd'hui.

Je jette un coup d'œil sur la boîte de mouchoirs, elle est presque vide. Avant de nous quitter, Kim précise que, si elle en fait la demande, la Femme peut acquérir la nationalité coréenne. Puis il lui remet un tote bag contenant un drapeau et une carte de la Corée. Au fond du sac, on trouve aussi des baguettes.

Séoul, extérieur jour. Qu'est-ce qu'on fait, à partir de là ? Il serait sans doute judicieux de se procurer un verre de vin. La Femme ne montre pas grand-chose mais elle vacille de l'intérieur. « Je suis un peu chamboulée, quand même. » C'est le maximum qu'elle s'autorise à formuler, la litote servant de bouclier à sa pudeur. L'Enfant enlace sa mère. Il n'a pas dit un mot, il n'a pas compris un mot, il a tout compris.

Les rues de Hongdae sont floutées par notre brouillard émotionnel. Nous marchons pour marcher, sans nous soucier de la direction. La Femme se jette dans un Daiso, le GiFi local, et achète des babioles pour reprendre le contrôle. Aujourd'hui, je ne ronchonne pas contre ces accès de consommation. La Femme vient de s'approcher de l'énigme de ses origines ; elle acquiert une éponge spécialement conçue pour nettoyer les carottes.

Mes pensées flottent jusqu'au livre de Rinny Gremaud, l'écrivaine suisse aux racines emmêlées[1]. Après deux cent trente pages, quelques décennies et des milliers de kilomètres d'odyssée identitaire, elle choisit de ne pas franchir la dernière étape. Il faut imaginer Ulysse arrivant à Ithaque pour rebrousser chemin. Rinny traverse la planète, arrive devant la maison du père, cet inconnu qu'elle a cherché si fort, prend une grande respiration et ne frappe pas à la porte. Elle repart, exaucée.

Il semblerait qu'il y ait un motif commun avec la Femme. Il valide l'adage voulant que la destination importe moins que le chemin parcouru. C'est le plus grand cliché de la littérature de voyage ; on peut malgré tout s'en faire une devise existentielle. « Ce qui compte c'est pas l'arrivée c'est la quête », dirait l'Enfant en citant son rappeur préféré.

C'est vendredi soir dans le quartier de la teuf, Séoul vibre d'une jeunesse aux veines irriguées de soju et aux visages dessinés au bistouri. Nous traversons Hongdae et sa succession de clubs. Une foule d'adolescents ivres et apprêtés s'agglutine

1. Avertissement : sautez ce paragraphe si vous comptez lire son livre, je vais divulgâcher la fin.

dans les files d'attente, carnaval de minets et bimbos dépensant une énergie considérable et certainement vaine dans l'espoir, qui sait, d'être aimés. Devant le défilé de cette viande saoule, pathétique et attendrissante, je m'entends dire :

– Je suis tellement content de ne plus être jeune.

– Je suis tellement contente d'avoir été adoptée, réplique la Femme.

– Je suis tellement content de rentrer en France, conclut l'Enfant.

Nous finissons chez des Bretons. Au Cambodge, au Mozambique ou au Guatemala, on finit toujours par tomber sur un Loïk ou un Yann qui a monté une affaire au bout du monde qui, pour un Finistérien, est la porte à côté. Dans ce bar, on boit du cidre, on mixe du dub et il est rapidement 2 heures du matin. L'Enfant joue sur sa tablette, cerné par des adultes alcoolisés. Nous sommes de mauvais parents.

Arnaud, le patron, nous prend sous son aile. Il ne cesse de nous offrir des verres et de répéter, l'air incrédule : « Qu'est-ce je kiffe ma vie. » Il est réconfortant d'entendre quelqu'un clamer son bonheur avec sincérité. Ce n'est pas une pose ou de l'arrogance. Cet homme est simplement stupéfait d'être heureux. Il est parti à l'aventure, il a rencontré une Séoulienne, ils ont monté ce bar où il programme les musiciens qu'il admire et ça marche du feu de Dieu. Il a inventé sa niche, il est à sa place.

À notre table, il y a Dooseung. Un Coréen tombé amoureux de la France en tombant amoureux de Béatrice Dalle dans *37°2 le matin.* Il débarque à Paris sans parler un mot de français, reste onze ans, traîne dans les rades de Belleville où je l'ai sans doute croisé, vit dans les squats de l'ultra-gauche, fête Noël avec Jean-Pierre Léaud avec lequel il s'est lié d'amitié et, un jour, rencontre Béatrice Dalle, qui l'embarque dans la plus belle soirée de sa vie. En ce moment, Dooseung est occupé à retraduire Camus.

Des destins se croisent entre l'Asie et l'Europe. Ils s'accomplissent en changeant de continent. Point de jonction franco-coréen, ce bar est le repaire des adoptés. Des inconnus liés par leur singularité familiale partagent leurs histoires. La Femme est en grande conversation avec Didier, qui est DJ. DJ Didier est belge. Il a retrouvé la trace de ses parents biologiques coréens. Son père, constatant que ses affaires marchaient bien, a tenté de lui soutirer une aide financière. *Tu comprends, les liens du sang, c'est important chez nous.* On abandonne un enfant et on essaie de le plumer trente ans plus tard : on se situe assez haut sur l'échelle de l'indignité. À la réflexion, nous ne sommes pas de si mauvais parents.

Le cas inverse peut se présenter. Une Française a retrouvé son père coréen qui, entre-temps, avait fait fortune en fondant une chaîne de supermarchés.

– Je vais peut-être lancer la recherche finalement, plaisante la Femme.

Il existe en réalité très peu de belles histoires de retrouvailles. Seul un infime pourcentage renoue des liens durables avec ses géniteurs. L'Enfant se frotte les yeux et vient se lover dans nos bras ; nous prenons un dernier verre. Cette soirée, ces confidences entre adoptés ont l'effet d'un baume apaisant sur la Femme. Elles confirment ce qu'elle a toujours su : ses seuls parents sont ceux qui l'ont aimée.

Il faut arriver à destination à pied, car les taxis sont introuvables et les téléphones déchargés. Quand on a fait le tour d'un continent ou d'une histoire, quand les corps sont fatigués et les âmes réconfortées, on doit retrouver son chemin par ses propres moyens. Les rues de Séoul se vident de leur jeunesse noctambule. Des millions de Coréens grappillent quelques heures de repos. Trois Français rentrent chez eux, tranquilles, dans le matin calme.

ÉPISODE FINAL,
OÙ L'ON TROUVE SON BUNGALOW

C'est une journée compliquée qui s'annonce, précédée d'une nuit trop courte du fait d'une consommation excessive de soju et d'un putain de moustique, probablement raciste, qui m'a harcelé dès les premières lueurs du matin pas si calme. Je me suis réveillé en m'autogiflant, ce qui a eu pour effet d'activer un sérieux mal de crâne qui m'a conduit à gémir, ce qui a nécessité l'ouverture de ma bouche et conséquemment de constater la présence d'une haleine susceptible de provoquer un divorce (à mon tort intégral) mais hélas insuffisante pour intoxiquer le moustique raciste.

L'alarme se déclenche. Je frappe mon téléphone pour le faire taire. Il tombe sous le lit et persiste à sonner, martelant mon crâne de sa stridence ininterrompue et provoquant un mouvement de protestation unanime dans la chambre. « Éteins ce truc, bon sang. »

Le téléphone est inaccessible depuis le lit. Je me lève puis m'allonge à plat ventre par terre et tends le bras en maudissant l'existence car mon bras est trop court pour atteindre le téléphone qui sonne toujours. Le moustique, ce lâche, profite de la situation pour m'attaquer par-derrière pendant que la Femme m'engueule : « Mais qu'est-ce que tu fous ? »

C'est dans ces moments d'urgence vitale qu'on reconnaît les bonhommes, les vrais, ceux qui savent garder leur sang-froid sous la pression. Je sors de la chambre en caleçon, réunis toutes mes capacités d'analyse afin de dénicher un balai dans un placard de l'auberge de jeunesse et reviens ramper sous le lit pour, enfin, accéder à l'iPhone et lui rabattre son ~~clapet~~ caquet d'agent démoniaque du capitalisme californien, celui qui hypnotise l'humanité et parvient à voler notre sommeil jusqu'ici, sous le 38e parallèle. Victoire. Julien 1 – Gafam 0. Il est 6 h 50, cette journée démarre sur les chapeaux de roues, je ne rêve que de me recoucher, mais la prochaine fois, ce sera en France.

Enfiler un T-shirt. Descendre à la cuisine commune en priant pour que personne ne s'y trouve car je ne suis pas en état de communiquer avec un autre être humain. Je suis sale, je sue mon soju et j'ai déjà évoqué mon haleine problématique.

– Hello, comment ça va, Julien ?

C'est Chris, l'aubergiste bavard.

Je réponds quelque chose comme *grmfduh.*

– Ton vol est à quelle heure ?

– Gnhmhh. 11 heures.

– Houlà, tu es en retard. Il faut que tu te dépêches.

Je croyais avoir prévu large mais Chris m'informe que l'accès à l'aéroport d'Incheon peut s'avérer ardu, il ne faut pas croire tout ce que dit Google Maps (d'autant que les Gafam ont une revanche à prendre sur moi ce matin, ils pourraient très bien détourner mon itinéraire pour se venger). Enclenchement du compte à rebours. Ingurgiter un litre de café. Remonter vers la chambre pour secouer la Femme et l'Enfant. « Non je suis crevé moi je reste ici », assène ce dernier.

Douche. Froide. Express. Plier les bagages. Maudire ce moment, hier soir, où nous avons dit « ça va, on le fera demain matin ». Maudire aussi le moment, hier soir, où nous avons dit « ça va, on peut prendre un dernier verre ». Exfiltration de l'Enfant par la méthode forte : « Lève-toi immédiatement où tu ne verras pas un écran jusqu'à Noël. » (On a beau être partisan d'une éducation bienveillante, il faut bien admettre que la menace reste un outil d'une remarquable efficacité.) Check-out. Salut Chris. Traîner quarante kilos de bagages dans la rue puis dans le labyrinthe du métro. Monter dans un train direct. Ce n'est pas un direct. Prendre un autre train. Arrivée à Incheon, aéroport saturé et aussi mal fichu que Roissy. Temps d'attente infernaux. Confiscation de briquet à l'inspection des bagages. Embarquement limite sur une compagnie low-cost qui refuse de servir un verre d'eau à un enfant dans un vol qui dure six heures. Je suis pris d'une puissante envie de ne plus me déplacer. C'est la fin du voyage et l'inscription gravée sur le bac à magazines de mon siège sonne comme un programme des mois sédentaires à venir : LITERATURE ONLY.

Une escale à Bangkok, un message de ma mère : « Vous êtes en sécurité ? »

Que se passe-t-il ? Un tsunami ? Un typhon ? Je consulte les news : ouf, ce n'était qu'une attaque nucléaire (potentielle). Ce matin, au moment où je me bagarrais avec mon téléphone et ma gueule de bois, Séoul était en alerte rouge. La sirène d'alarme a retenti à 6 h 41 (je ne l'ai pas entendue car je luttais contre une autre sonnerie). Tous les habitants de Séoul ont reçu par SMS un ordre d'évacuation de la ville émis par les autorités, suite à un tir de missile nord-coréen. Ce n'est pas rien d'évacuer une agglomération de vingt-huit millions de personnes, ça génère un peu de confusion. Naver, le Google local, a planté sous l'avalanche de requêtes paniquées. Des familles se sont ruées vers les abris souterrains, avant de recevoir un deuxième message vingt minutes plus tard : désolé, il n'y avait pas de missile. C'était une erreur.

Tout le monde fait des erreurs. Au moment de décoller vers la France, je me rends compte que nous avons oublié d'acheter la statuette de Bouddha que nous avions promise à l'Enfant depuis des mois. Je redoute un scandale, il se contente de répondre :

– C'est pas grave, papa. C'est juste un objet.

Une grande tour en fer se dessine au sol ; je m'étire derrière le hublot. J'ai dormi pendant deux continents. Il faut amorcer la descente vers Paris, le quotidien, le réel d'ici. Je désactive le mode avion à l'atterrissage. Premier message : le communiqué d'une agence me propose de « vivre une expérience transformatrice en Asie ».

Ce n'était pas une erreur, finalement, ce voyage. Au rayon des satisfactions, on peut constater que nous n'avons pas divorcé (aidés en cela par le fait que nous ne sommes pas mariés). Les résultats du crash test familial sont probants. Pas d'embrouille, quelques légitimes moments d'irritation, tout au plus. Nous avons survécu à une coexistence à trois, vingt-quatre heures sur vingt-quatre et sept jours sur sept, pendant toute une saison, pour former une bulle fusionnelle roulant d'un pays à un autre en carburant à la découverte.

Nous avons bourlingué à pied, à vélo, à scooter, en tuk-tuk, en bus, en train, en pirogue, en ferry et en avion. Nous avons tenté de limiter l'aérien, mais il faut bien admettre que c'est un moyen de transport assez commode pour se rendre en Extrême-Orient (la prochaine fois, j'irai en train, et dans l'intervalle il faudra que je songe à planter deux ou trois millions d'arbres pour compenser notre empreinte carbone). Nous avons dormi chez l'habitant hospitalier, dans des guesthouses familiales, des studios minuscules, des hôtels cosy, des motels louches, des tentes étouffantes, des auberges de jeunesse nichées dans les villes, des cabanes perchées dans les arbres et dans toutes sortes de bungalows, qui ont été notre chez-nous pour une nuit ou une semaine. En quatre mois de pérégrinations, nous avons palpé la planète, caressé ses merveilles et contourné ses maléfices. Nous avons admiré, râlé, aimé, souffert, ri, glandé, joui, douté, appris. Nous avons vécu. Et nous avons changé, imperceptiblement. C'est vrai pour chaque jour que nous passons, nous évoluons en permanence. Mais l'existence est plus intense quand on est en mouvement et que la Terre se déplace sous nos pieds. Ces moments comptent double. Quatre mois de voyage, ressenti huit.

Nous avons esquivé un hiver parisien, nous atterrissons dans un printemps prometteur. C'est une sensation étrange de revenir modifié dans un environnement immuable. À première vue, les choses n'ont pas changé et les gens non plus. Nous retrouvons nos habitudes casanières après les mois d'itinérance. Notre appartement n'a pas été saccagé par les sous-locataires. Joie de dormir dans le même lit pendant plus d'une semaine. Nous reprenons nos journées en tant qu'individus et non comme cellule tripartite. Redécouverte du bonheur qui consiste à passer du temps tout seul.

Nous réinvestissons nos postures et nos stéréotypes sociologiques, les brunchs du dimanche, le vélo électrique et les vins nature. Nous embrassons nos amis. Nous descendons de notre nuage pour affronter la dépression occidentale, la négativité numérique et l'agressivité urbaine. Contraste saisissant entre la douceur de notre échappée et la violence de l'actualité. Que nous réserve la France à notre arrivée ? Flambées de violence, délitement social et effritement démocratique : la routine de la fin d'un monde, avec laquelle il faut composer. Le mot « bienveillance » imprègne les discours comme un talisman protecteur et chacun semble prêt à dégoupiller au moindre prétexte. Depuis mon balcon, où j'arrose les plantes, j'observe deux automobilistes qui s'embrouillent, scène ordinaire de la vie parisienne. Ils sortent de leur véhicule pour se taper. « Wallah je vais mettre ma bite dans la bouche à ta mère », vocifère l'un. Formule choquante s'il en est car, pour être correct, il convient de dire « Wallah je vais mettre ma bite dans la bouche *de* ta mère ». Il n'y a plus de respect.

Combien de temps me faudra-t-il pour redevenir un odieux Parisien ? En reprenant pied dans la ville, nous nous conformerons tôt ou tard aux standards d'aliénation. Nous serons vite happés par le poison du normal et les jours qui comptent à moitié. Pour l'heure, nous planons encore sous les effets des jubilations accumulées sur la route.

La Femme, je le sens, s'est alignée avec elle-même. Elle s'est remise à rire dans son sommeil. Elle est rassurée. Elle redoutait d'être oubliée de tous, de ne pas retrouver de travail, de finir à la rue. Dès notre retour, elle croule sous les propositions. À ma grande joie, elle refuse toutes les offres salariées. Prend la décision de se mettre à son compte. Préfère désormais l'émulation et le vertige de l'insécurité professionnelle. Workaholic repentante, elle souhaite redevenir maîtresse de son temps. À quoi sert d'être une femme puissante si on est l'esclave de son agenda ? La Femme remonte sur son scooter et ses escarpins, sans savoir exactement où elle va mais en sachant mieux d'où elle vient.

L'Enfant se réacclimate à cette civilisation où il faut enfiler des chaussettes tous les jours. Il troque son sac à dos de baroudeur contre son cartable, renoue avec l'école, les multiplications posées et le foot à la récré comme s'il était parti la veille, avec cette aptitude à s'engouffrer dans le présent qui est le privilège de l'enfance.

Bon an mal an, le récit de son embardée est parvenu chaque semaine à sa classe, offrant un cours de géographie incarné à ses camarades et l'auréolant d'un statut de petit aventurier dont il se contrefiche. L'Enfant retrouve son univers, ses jouets et sa chambre, dans laquelle trône désormais le drapeau de la Corée du Sud qui nous a été offert à Séoul et que sa mère lui a légué. Il a marché sur cette terre où sont enfouies une partie de ses racines ; il en fera ce qu'il veut.

Les effets de notre virée, je le sais, n'ont pas fini de s'insinuer et de croître en lui. Ce voyage a allumé chez l'Enfant l'étincelle de la curiosité et des possibles, celle qui peut mener n'importe où. « Papa, je veux aller dans tous les pays du monde. »

Quant à moi, il ne me reste qu'à ouvrir mes carnets et malaxer ces mots pour transmettre cette histoire. Après le grand air, le tunnel de l'écriture, qui sinue vers la lumière d'un jour nouveau. Nous venons de rentrer et, déjà, le démon de la route chuchote à mon oreille : quand repart-on ? La simple idée d'une aventure me rend l'immobilité supportable. La promesse d'un horizon, voilà tout ce dont nous avons besoin. L'école du voyage nous a appris à fabriquer un espace de liberté intérieure. Il est là, en nous, pour toujours, précieux compagnon d'âme. Nous savons désormais que nous pouvons bifurquer si le besoin s'en fait sentir. Où vivrons-nous l'année prochaine ou dans cinq ans ? À Paris ou à Séoul, à Dakar ou à Wellington ; peu importe. Le monde est immense et je serai chez moi partout, si la Femme et l'Enfant m'accompagnent. Mon bungalow, c'est eux.

TABLE D'ORIENTATION

Remerciements

Une partie de ce texte a été publiée sous forme de feuilleton dans *T, le magazine du Temps*, entre août et décembre 2023. Un grand merci à Rinny Gremaud d'avoir permis cette aventure éditoriale franco-suisse.

Les épisodes de ce feuilleton ont été merveilleusement illustrés par Mathieu Bernard-Reymond. Qu'il soit pétrifié de gratitude pour cela, ainsi que pour ces décennies d'amitié sans nuage.

Dieureudieuf à la Villa Saint-Louis Ndar et à l'Institut français du Sénégal où, si loin de l'Asie, l'idée de cet ouvrage a commencé à germer.

Bravo à l'inventeur du beurre de karité.

Ma reconnaissance, une nouvelle fois, aux équipes des éditions Stock et du Livre de Poche, qui accompagnent mes tribulations.

Aurore et Tim 나에게 행복을 주셔서 감사합니다

Cet ouvrage a été composé
par PCA
et achevé d'imprimer en France
par CPI BRODARD & TAUPIN (72200 La Flèche)
pour le compte des Éditions Stock
21, rue du Montparnasse, 75006 Paris
en avril 2024

PAPIER CERTIFIÉ

Stock s'engage pour l'environnement en réduisant l'empreinte carbone de ses livres. Celle de cet exemplaire est de : 250 g éq. CO_2
Rendez-vous sur www.editions-stock-durable.fr

Imprimé en France

Dépôt légal : mai 2024
N° d'édition : 01 - N° d'impression : 3057119
85-51-7045/9